**Clementine Weidenbrechers
kriminelle Erlebnisse**

**Monika Niessen
Clementine Weidenbrechers
kriminelle Erlebnisse**

Remagener Krimigeschichten

© 2015 Monika Niessen

Herstellung und Verlag:
BoD - Books on Demand, Norderstedt
ISBN 978-3-7386-2282-9

Inhaltsverzeichnis

Kapitel 1
Der Spaziergang
Seite 7 bis 16

Kapitel 2
Der Rommènachmittag
Seite 17 bis 26

Kapitel 3
Der Besuch
Seite 27 bis 37

Kapitel 4
Der Handarbeitsclub
Seite 38 bis 48

Kapitel 5
Der Jakobsmarkt
Seite 49 bis 57

Kapitel 6
Der Schwimmbadbesuch
Seite 58 bis 67

Kapitel 7
Der Waldspaziergang
Seite 68 bis 76

Kapitel 8
Das Konzert
Seite 77 bis 85

Kapitel 9
Der Zahnarztbesuch
Seite 86 bis 94

Kapitel 10
Das tunesische Häkeln
Seite 95 bis 102

Kapitel 11
Der Grillabend
Seite 103 bis 110

Kapitel 12
Der Ausflug auf die Erpeler Ley
Seite 111 bis 119

Der Spaziergang

„Frau Weidenbrecher, Sie müssen jetzt auch mal an sich denken, Ihr Mann ist doch bereits seit einem Jahr tot. Es ehrt Sie, dass Sie so sehr um ihn trauern, aber nun sollten Sie mehr unternehmen. Machen Sie doch jeden Tag, wenn es das Wetter zulässt, einen zweistündigen Spaziergang. Das wird Ihnen gut tun".
„Jo, Herr Doktor, Sie saren dat so wie wenn dat eso einfach wär, isch hab meine Hermann 10 Jahre jeflescht un im Rollstuhl spazieren jefahren un jezz soll isch allein jehen"?
„Versuchen Sie es mal", sagte der Doktor, dann war Clementine entlassen.
Die Nachmittage und Abende wurden ihr lang seit Hermann tot war, darum ging sie schon nachmittags zum Arzt, vormittags erledigte sie ihre Hausarbeit.
Sie verließ die Praxis mit ihrem Rollator, den sie seit einigen Monaten benutzte und beschloss, auf dem Nachhause Weg über den Friedhof zu Hermanns Grab zu gehen.

Sie hätte auch sonst nicht gewusst wo hin sie gehen sollte.

Als sie am Grab stand und Zwiesprache mit ihrem Hermann hielt, sprach sie ein älterer Herr an.

Er machte ihr ein Kompliment über die Blumenbepflanzung auf dem Grab und wie wunderbar gepflegt es aussähe.

Der Mann war Clementine sympathisch und Zeit hatte sie ohnehin zuviel, darum ließ sie sich auf ein längeres Gespräch ein.

Sie erfuhr, dass er einen großen Garten hatte, den er hegte und pflegte, sich aber seit dem Tod seiner Frau vor drei Jahren auch ein wenig einsam fühlte.

Gegen Ende des Gesprächs schlug Herr Weimann, so hieß der Herr, Clementine vor, ihn am nächsten Nachmittag in seinem Garten zu besuchen.

Clementine sagte zu.

Am nächsten Tag machte sie sich auf den Weg. Von der mittleren „Alte Strasse" bis zum Haus des Mannes in der Bergstrasse war es ein weiter und mühseliger Weg mit Rollator.

Außer Puste kam sie an. Sie schaute sich erst einmal eine Weile um, wollte nicht klingeln, solange sie atemlos war.
Es fiel ihr auf, dass sich gegenüber an dem Fenster eine Gardine bewegte, als sie noch einmal hinsah, konnte sie nur noch eine Hand sehen, die die Gardine zu recht zog.
Na, der Herr Weimann hatte aber aufmerksame Nachbarn.
Sie klingelte und Herr Weimann war so schnell an der Tür, dass er bestimmt schon Ausschau nach ihr gehalten hatte.

Das Haus roch ein wenig muffig, aber sie gingen gleich durch zum Garten, dort hatte Herr Weimann bereits einen Tisch gedeckt.
Der Garten war wunderschön und jetzt im Frühjahr blühte es in allen Farben.
Clementine war begeistert!
Herr Weimann führte sie ringsherum und zeigte ihr jedes einzelne Beet. Im angrenzenden Nachbargarten arbeitete jemand in der Nähe des Gartenzauns.

Als sie näher kamen, verschwand der Mann ohne ihnen auch nur einen Blick zuzuwerfen, geschweige denn zu grüßen.
Herrn Weimann schien dieses Verhalten nicht zu stören.
Clementine dachte, während sie zu der Sitzgruppe mit dem gedeckten Tisch gingen, dies sei doch ein seltsames Verhalten, wenn man viele Jahre nebeneinander wohnte, sagte aber nichts.
Beim Kaffee trinken fragte Clementine, ob er die Pflanze alle selbst ziehe, da ging Herr Weimann ins Haus und kam mit einem Katalog eines niederländischen Versandhauses zurück.
Er erzählte Clementine, dass er ein guter Kunde dieser Firma sei und wenn sie wieder neue Pflanzen anböten, die er noch nicht hätte, dann bestelle er diese.
Die Firma würde sehr pünktlich liefern nur mit den Zustellern des Paketdienstes sei er nicht zufrieden.
Leider gingen die nicht sorgfältig mit den Paketen um, er habe sich schon des Öfteren bei der Firma beschwert.

Der Nachmittag verging Clementine wie im Flug, als sie sich verabschiedete, bat Herr Weimann sie, doch am nächsten Nachmittag wieder zu kommen, er habe seit dem Tod seiner Frau keinen so angenehmen Tag mehr erlebt.
Clementine sagte am nächsten Nachmittag könne sie nicht, komme aber gern noch einmal in dieses Gartenparadies zurück.
Sie stellte das Geschirr auf ihren Rollator und sagte: „Ich stelle es in Ihrer Küche ab, da können Sie Ihren Garten weiter genießen".
Herr Weimann war einverstanden.
Wo die Küche war hatte Clementine bereits gesehen.
Als sie das Geschirr dort abstellte, dachte sie: „He mööt äwwe ens jebozz wäre."
Na ja, der Herr Weimann kam wohl mit der Hausarbeit nicht so gut zu recht.
Als sie die Haustür zuzog, sah sie Herrn Weimann seitlich stehen, sie hatte gar nicht bemerkt, dass dort die Garage war.

Er bat sie noch einmal ganz eindringlich ihn doch sehr bald wieder zu besuchen, denn in seinem Alter habe man ja nicht mehr so viel Lebenszeit.
Auf dem Nachhause Weg überlegte sie, dass sie den alten Herrn noch einmal besuchen wollte, aber dann reichte es auch.
 Sie hatte das Gefühl er suchte eine neue Frau und die wollte sie auf keinen Fall sein.
Abends schaute sie sich den neuesten „Tatort" an.
Die Sendung hatte gerade begonnen, als ihr Telefon läutete. Wer rief sie denn um diese Uhrzeit an?
Es meldete sich eine Frauenstimme, die sie vor Herrn Weimann warnte.
Sie sagte, Frau Weimann sei auf mysteriöse Weise ums Leben gekommen und auch sie sei in Gefahr.
Sie solle sich von dem Mann fern halten, dann legte sie auf.
Clementine war ganz verwirrt!
„Wat soll Esch dann davon hale!?" So rief sie laut aus.

In der Nacht schlief sie schlecht, sie träumte von offenen Fenstern und wehenden Gardinen.
Am Morgen sagte sie: „Jezz drenken esch ene öndlesche Kaffe un dann jon esch en die Berschstroß un vezällen dämm Weimann von dämm Aanrof!"
Das tat sie auch. Sie kam an, klingelte es rührte sich nichts. Auch beim dritten Versuch.
Gegenüber bewegte sich wieder die Gardine, ob sie einfach mal über die Straße gehen sollte und dort klingeln?
Sie schaute auf das Garagentor und entdeckte, dass es nicht ganz geschlossen war.
Vielleicht war der Herr Weimann ja in der Garage und hatte ihr klingeln nicht gehört.Sie drückte das Garagentor weiter auf und rief „Herr Weimann", dabei ging sie weiter in die Garage hinein.
Plötzlich sah sie Füße auf dem Boden. Ob es dem Herrn Weimann schlecht geworden war und er war umgefallen?
Dann sah sie ihn ganz, er lag dort Blut überströmt!

Sie lief so schnell sie konnte raus zog ihr Handy aus der Tasche und rief die Polizei.

Es kam ihr wie eine Ewigkeit vor, bis die Polizei erschien, obwohl es nicht viel mehr als zehn Minuten waren, wie sie mit einem Blick auf ihre Uhr feststellte.

Nun kam auch die Nachbarin von gegenüber, die Clementine bis jetzt noch nicht deutlich gesehen hatte.

Sie wusste, dass in der Garage ein Hausschlüssel hing.

Auf die Frage eines Polizisten ob sie den Herrn Weimann gut gekannt habe, antwortete sie, seine Frau habe sie gekannt, mit ihm, diesem alten Ekel habe sie nichts zu tun.

Sie hatte an dem Morgen auch nichts bemerkt, weil sie gerade vom Einkaufen zurück kam.

Das Tatwerkzeug war schnell gefunden, es war ein Wagenheber, mit dem Herr Weimann hinterrücks erschlagen wurde.

Da kamen die beiden alten Damen nicht als Täter in Frage, da Herr Weimann ein großer Mann war, müsste der Täter etwa gleich groß gewesen sein, denn der Wagenheber hatte die Schädeldecke zertrümmert.
Der Nachbar nebenan war ein großer Mann, konnte aber nicht der Täter sein, weil er bereits um 5 Uhr 30 zur Arbeit gefahren war, zu diesem Zeitpunkt lebte Herr Weimann noch.
Clementine viel plötzlich auf, dass in der Küche ein Paket stand, das gestern nicht dort war.
Die Beamten sahen sich das Paket an, es war von dem niederländischen Blumenversandhaus.
Sie erzählte den Beamten, dass Herr Weimann ihr gesagt habe, dass er oft dort bestelle, aber viel Ärger mit dem Paketversand habe.
Clementine und die Nachbarin konnten schließlich nach Hause gehen, als sie vor der Tür waren, sagte die Nachbarin: „Ich wusste wer Sie sind, habe Sie oft mit Ihrem Mann gesehen, darum habe ich Sie gestern Abend angerufen.

Das es dieses alte Ekel jetzt erwischt hat ist nicht schlimm. Ich hatte Sorge Ihnen könnte etwas passieren. Sie können froh sein, dass Sie ihn nicht näher kennengelernt haben. Er hätte auch Sie tyrannisiert, wie seine Frau und die ganze Nachbarschaft".
Da war sie ja in eine schöne Geschichte reingeraten, dachte Clementine auf dem Nachhause Weg.
Einige Zeit hörte Clementine nichts mehr von diesem Fall, dann bekam sie eine Vorladung. Sie sollte als Zeugin aussagen.
So erfuhr sie, dass der Paketbote in Notwehr gehandelt hatte.
Herr Weimann war mit dem Wagenheber auf den jungen Mann los, dieser entwand ihm den Wagenheber und schlug zu.

Als Clementine am Abend wieder zu Hause war, nahm sie Hermanns Bild in die Hand und sagte: „Von morje aan drähen esch jeden Daach ein jeruuß Rond durch Remare, dann besöken esch desch un vezälle de wat esch all jesehn hann".

Der Rommènachmittag

Auf einem ihrer nachmittäglichen Spaziergänge hatte Clementine eine alte Dame kennengelernt, die in der Seniorenresidenz wohnte und sie einlud, an einem Nachmittag dort mit ihr Rommè zu spielen.
Sie erzählte ihr von einer schönen Runde, die sie dort hatten, aber leider waren die anderen Mitspieler inzwischen verstorben.
So verabredete Clementine sich mit Frau Lehmann, so hieß die alte Dame, für den kommenden Mittwoch um 15 Uhr in der Weinstube der Residenz.
Der Mittwoch kam und Clementine war pünktlich. Frau Lehmann saß bereits dort und mischte die Karten.
Sie hatten einen vergnüglichen Nachmittag.
Es kamen immer wieder Bewohner und schauten neugierig zu.
Als sie ihr letztes Spiel beendet hatten, sprach ein alter Herr sie an, der ihnen bereits eine Weile zugeschaut hatte.
Er habe mit seiner Frau ebenfalls Rommè gespielt, aber leider sei sie

jetzt ein Pflegefall, da freue er sich, wenn er mittwochs mit den Damen zwei Stunden spielen könne.
Die Damen hatten nichts dagegen.
Nun spielten sie zu dritt, Clementine, Frau Lehmann und Herr Preetz.
Während sie spielten gesellte sich ein weiterer Herr zu ihnen.
Er sagte nichts, schaute eine Weile zu und ging dann wieder.
Herr Preetz war sehr unkonzentriert, während dieser Mann dort saß.
„Können wir nicht in Ihrer Wohnung spielen, Frau Lehmann, mich stören Zuschauer", so sagte er, als der alte Herr gegangen war.
„Sie haben uns doch auch zugeschaut, sonst hätten wir Sie gar nicht kennen gelernt", antwortete Clementine.
Frau Lehmann meinte, sie habe keinen passenden Tisch.
Herr Preetz stand mit einem Seufzer auf, sagte: „Dann bis zum nächsten Mittwoch" und ging.

Frau Lehmann schüttelte leicht den Kopf und meinte: „Er hat die ganze Woche kein Wort mit mir gespro-

chen, wenn er mich bei den Mahlzeiten im Restaurant gesehen hat. Ich denke, wir sehen uns das nächsten Mittwoch noch mal an, dann überlegen wir uns ob wir weiter mit ihm spielen wollen, oder wie denken Sie darüber?"
Clementine war einverstanden, dann verabschiedete sie sich von Frau Lehmann und ging nach Hause.
Dort angekommen erzählte sie dem Foto von Hermann wie der Nachmittag verlaufen war.
„Dä Preetz es ene komesche Hellije, me wied net schlau uss dämm Mann. Entwede hät dä noch nie Rommè jespielt ode alles vejesse".
Warum wurde er nervös, solange der andere Herr dort ruhig gesessen hatte?
 Als die ständig vor sich brabbelnde Frau mehrfach durch den Raum lief, hatte ihn dieses Verhalten ja auch nicht gestört.

Es war wieder Mittwoch, und Frau Lehmann saß bereits in der Weinstube als Clementine eintraf.

Dann erschien auch Herr Preetz, er war freundlich, entschuldigte sich bei Frau Lehmann für sein Verhalten in der vergangenen Woche. Er wäre sehr nervös gewesen, weil es seiner Frau nicht gut ging, jetzt sei sie wieder besser dran, da fühle auch er sich anders.
Tatsächlich spielte er viel konzentrierter und hielt auch die Regeln ein.
Der alte Herr schaute nur kurz rein und ging dann wieder.
Es schien jetzt schon Normalität zu sein, dass in der Weinstube Rommè gespielt wurde.
So ruhig war es die beiden Male vorher nicht.
Aber es war die Ruhe vor dem Sturm.

Sie beschlossen eben, dass letzte Spiel zu spielen, als eine Pflegerin erschien und Herrn Preetz bat mit ihr zu kommen.
„Vielleicht geht es seiner Frau wieder schlecht", meinte Frau Lehmann.

Damit müsse man in einem Alten- und Pflegeheim wohl immer rechnen, fügte sie noch hinzu.

Frau Lehmann fragte Clementine, ob sie einmal ihre kleine Wohnung sehen wolle?

Clementine wollte, vielleicht könnte sie ja auch nicht auf Dauer in ihrer Wohnung bleiben, da war es interessant mal zu sehen, wie die Wohnungen in der Residenz aussahen.
Frau Lehmann wohnte nicht im Pflegebereich, darüber war Clementine erstaunt.
Sie hatte eine schöne Zwei-Zimmer Wohnung mit Balkon und einen Esstisch gab es dort auch.
Frau Lehmann lächelte, als sie sah, wie überrascht Clementine war.
Sie sagte: „Ich kannte Sie doch nicht, da war mir die Weinstube als öffentlicher Treffpunkt lieber. Den Herrn Preetz möchte ich nicht in meiner Wohnung haben, der besucht mir hier zu viele Leute, die ich nicht alle sympathisch finde.
Sie gefallen mir, wenn Sie wollen, können wir auch gern mal mit einander telefonieren und uns auch mal an einem anderen Tag in der Stadt treffen".

Die Beiden tauschten ihre Telefonnummern aus, dann ging Clementine nach Hause.
Ihrem Hermann erzählte sie wie gut ihr Frau Lehmann gefalle, sie sei eine richtige Dame, sehe immer gepflegt aus und trage sehr schönen, aber dezenten Schmuck.
„Dat Einzije, wat me net an dä Frau jefällt Hermann, dat es ihr Alter, die es ad 90 Johr alt, dat hät se me höck jesaat. Noch es jo met ihrem Rollator flöck ondewääs, äwwe wie lang noch?
Dann kann esch mesch ad bal widde no ne neuje Fröndin ömsehn".

Am anderen Morgen, Clementine hatte gerade gefrühstückt, da klingelte das Telefon.
In der Hoffnung, dass dies Frau Lehmann sei, die ihr einen „guten Morgen" wünsche wolle,
nahm sie freudig ab.
Es war eine Pflegerin aus dem Heim, die sie dort schon einige Male gesehen hatte.
Sie bat Clementine umgehend ins Heim zu kommen.

Das klang aber nicht gut, fand Clementine, packte ihre Tasche und den Rollator und ging los.

Ein paar Minuten später kam sie in der Seniorenresidenz an.

Sie fragte nach der Pflegerin, da sagte man ihr, sie werde in Frau Lehmanns Wohnung erwartet.

Die Tür war angelehnt, Clementine klopfte, die Pflegerin öffnete und sagte: „Kommen Sie bitte herein Frau Weidenbrecher, ich stelle Ihnen Herrn Müller vor, er ist ermittelnder Beamter, der möchte Ihnen einige Fragen stellen".

„Na", dachte Clementine, „dat hürt sech net jod aan".

Bevor der Herr Müller nur ein Wort sagen konnte, wollte Clementine wissen, was los sei und warum man sie hierher gebeten hätte.

„Frau Lehmann ist diese Nacht verstorben. Wir müssen davon ausgehen, dass sie keines natürlichen Todes gestorben ist".

Clementine musste sich erst einmal setzen, bis sie die Fragen des Beamten beantworten konnte.

Er fragte, wann sie Frau Lehmann verlassen habe und ob ihr irgendetwas aufgefallen sei.
Aber was sollte Clementine auffallen, sie war ja zum 1. Mal in der Wohnung.
Hatte Frau Lehmann Schmuck getragen?
Die Frage konnte sie beantworten, denn sie hatte diese wunderschöne Granatbrosche bewundert, die Frau Lehmann trug.
Es war aber kein Schmuck mehr zu finden und Frau Lehmann besaß noch weitaus wertvolleren, als die Granatbrosche.
Nun wurde Clementine klar, warum Frau Lehmann nicht jeden in ihre Wohnung lassen wollte.
Sie erzählte vom Rommè spielen am vergangenen Nachmittag und von Herrn Preetz.
Der Herr Preetz musste am Abend ins Krankenhaus eingeliefert werden, seine Frau war gestorben, während sie spielten, daraufhin hatte er einen Zusammenbruch erlitten.
Plötzlich stand der alte Herr in der Tür, der den Herrn Preetz beim Spie-

len so beunruhigt hatte. Die Pflegerin ging auf ihn zu und sagte: „Herr Jansen, Sie sind im falschen Haus, hier ist nicht Ihr Zimmer".
„Ich bin hier schon richtig, ich will dem Herrn Kommissar sagen, wer die Frau Lehmann umgebracht und ihren Schmuck geklaut hat"! So rief der alte Herr.
„Das war der Sohn von dem Preetz der taucht doch immer hier auf wenn er wieder Geld braucht.
Der hat die Frau Lehmann mit einem Kissen erstickt, als sie ihn erwischt und geschrien hat.
Ich bin ihm nachgelaufen aber mich hat er nicht gesehen".

Clementine konnte nach Hause gehen.
„Jezz moß esch ens meng Jedanke zotiere", so brummelte sie auf dem Heimweg vor sich hin.
Wenn das stimmte, was der Herr Jansen sagte, dann war ihr auch klar, warum der Herr Preetz in seiner Gegenwart so nervös wurde.

Herr Preetz starb einige Tage später, als er erfuhr, dass sein Sohn sich das Leben genommen hatte.

„Hermann, dat die Frau Lehmann ad arch alt wo, dat wos esch jo, äwwe dat esch me su schnell widde en neuj Fröndin söcke moß dat hätt esch net jedaach", war Clementine Weidenbrechers letzter Kommentar zu diesem Fall.

Der Besuch

„Nä, wat ben esch fruh, wenn esch mesch deheim hinläje kann", stöhnte Clementine leise vor sich hin, als sie von der Galerie am Markt zurück nach Hause ging.
Sie hatte Kopfweh und fühlte sich total erschöpft.
Wo nahm ihre Kusine Constanze, die seit einer Woche bei ihr zu Besuch war, nur die ganze Energie her.
Constanze war zwar zwei Jahre jünger als Clementine, aber daran konnte es nicht liegen.
Sie war als Kind schon kaum zu bändigen. Ihre ältere Schwester Cornelia war viel ruhiger.

Constanze hatte viele Jahre in Amerika gelebt und nach zwei Ehen und einigen Beziehungen später, war sie nun in Berlin ansässig.
Clementine und ihre Kusinen telefonierten regelmäßig, sahen sich aber selten.

Bei ihrem letzten Telefongespräch, vor ein paar Wochen, hatte sie Constanze vom bevorstehenden Remagener Lebenskunstmarkt erzählt.
„Weißt Du was", hatte Constanze ihr geantwortet: „Ich habe eine tolle Geschäftsführerin, die kann meinen Laden auch mal eine Woche allein werfen, da lade ich mich mal zu Dir ein, den Markt möchte ich auch sehen."
Nun war Constanze morgen schon eine Woche da. Am Dienstag wollte sie mit ihrem tollen Mercedes Cabrio wieder zurück fahren.
Clementine war froh, dass sie ihre Garage nach dem Tod ihres Mannes nicht vermietet hatte, sie selbst konnte nicht Auto fahren und so war die Garage leer.
Ihre Wohnung lag in einer Eigentumswohnanlage an der Alte Strasse. Sie ging seitlich an den ersten Wohnungen vorbei, sie wohnte hinten raus, da begegnete ihr ein junger Mann, der ihr bekannt vor kam, sie war sich aber sicher, dass er nicht in der Anlage wohnte und sie ihm hier auch noch nie begegnet war.

Na, vielleicht war er bei den jungen Leuten drüben, in dem anderen Haus zu Gast.

Sie warf einen Blick auf ihren Briefkasten und dachte: „Jeste ene schwazze Fleck un höck ene ruude. Op Kende he eröm schmeren, äwwe jesehn hann esch noch keijn." Nur mit dem Papiertaschentuch ließen sich, weder der schwarze Fleck gestern noch der rote heute, wegwischen. Na ja, sollte er erst mal bleiben, so auffallend war er ja nicht.

In ihrer Wohnung nahm Clementine einen Eisbeutel, packte ihn auf ihre Stirn und legte sich auf die Couch. Sollte doch Constanze mit diesem Walter allein Mittagessen gehen. Sie mochte den Kerl nicht.

Am Dienstag waren sie mit Constanzes Cabrio nach Koblenz gefahren und hatten von dort eine Schiffstour bis Rüdesheim gemacht. Auf dem Schiff lernten sie Walter Berger kennen.

Ein schmieriger aalglatter Typ war das, sie konnte gar nicht verstehen, dass Constanze sich noch einmal mit ihm verabredet hatte.

Clementine wurde das Gefühl nicht los, das nicht einmal der Name stimmte
Als sie am Mittwoch in Köln waren tauchte der Kerl auch schon wieder auf.
Constanze trug gern viel Schmuck und Clementine glaubte, dass der Walter mehr Interesse an dem Schmuck als an der Frau hatte. Constanze hatte nur gelacht, als sie die Vermutung äußerte, sie kenne solche Männer, nach ein paar Tagen verschwänden die schon wieder und sie würde aufpassen, dass ihr Schmuck dann noch da sei.
Clementine wurde es zu warm auf der Couch, sie hätte doch gleich den Rollladen runter lassen sollen. Sie ging zum Fenster, da sah sie wie jemand schnell aus dem Hof verschwand.
Sie konnte leider nicht erkennen, wer es war. Der junge Mann von vorhin, als sie nach Hause kam, konnte es nicht gewesen sein, der war größer, vielleicht war es doch ein Kind, das im Hof gespielt hatte.

Die Kinder sollten ja nicht dort spielen, weil es Garagenausfahrten waren, das wäre zu gefährlich.
Sie legte sich wieder hin und schlief eine Weile. Als sie aufwachte fühlte sie sich wohl und das war gut so, denn es klingelte heftig.
Die Tür war kaum offen, als ihre Kusine herein stürmte und rief: „So etwas habe ich ja noch nie erlebt, da für muss ich in Dein beschauliches Städtchen kommen! Stell Dir vor, wir sitzen
auf der Promenade beim Italiener und essen ganz gemütlich. Walter hatte mich eingeladen.
Als er bezahlt hatte, überlegten wir, ob wir noch mal zum Markt hoch gehen, da stehen plötzlich zwei dezent gekleidete Herren neben ihm und fordern ihn auf mitzukommen.
Der Walter wird blass, macht eine heftige Bewegung, da hat ihn der eine schon fest im Griff.
Die Herren entschuldigen sich bei mir und gehen mit Walter weg. Das Ganze hat keine fünf Minuten gedauert, ich wusste nicht wie mir geschah.

Ich weiß nicht wo hin die verschwunden sind und glaube auch nicht, dass die anderen Gäste etwas bemerkt haben."

„Wer weiß was der für Dreck am Stecken hat, dem habe ich schon nicht getraut als er sich am Mittwoch vorstellte ", antwortete Clementine.

„Und ich habe gestern dauernd das Gefühl gehabt, wir werden beobachtet, dachte aber eher an eine eifersüchtige Frau", antwortete Constanze.

Clementine hatte inzwischen Kaffee gekocht und Constanze zeigte ihr auf ihrem Tablet-PC die Videos, die sie im laufe der Woche bei ihren Unternehmungen gedreht hatte.

Plötzlich stutzte Clementine, als sie sich an der Apollinariskirche stehen sah, da stand doch noch jemand im Hintergrund, dass war doch der junge Mann, der ihr vor hin begegnet war. Sie zeigte Constanze den jungen Mann und erzählte ihr von der Begegnung.

Diese meinte, da wolle sie doch mal nach ihrem Auto sehen. Clementine ging mit ihr.

Mit dem Sender ließ das Garagentor sich nicht öffnen. Clementine ging näher ran und entdeckte am Schloss einen unscheinbaren roten Punkt, wie an ihrem Briefkasten.
Sie ging zurück in die Wohnung um neue Batterien in den Sender zu stecken.
Vorsichtshalber wollte sie auch noch den Schlüssel holen.
Ihr Nachbar fuhr eben mit seinem Wagen in den Hof. Er stieg aus und fragte, ob er helfen könne, er unterhielt sich noch eine Weile mit Constanze, bis Clementine zurück kam.
Weder mit dem Sender noch mit dem Schlüssel ließ sich das Tor öffnen.
Constanze meinte, man könne ja morgen früh einen Schlüsseldienst holen, dann stände sicher ein einheimischer Handwerker zur Verfügung.
Jetzt wollten sie ja ohnehin zu Fuß über den Markt gehen. Der Nachbar meinte, er würde ein wenig aufpassen, von seinem Balkon habe er eine gute Sicht auf die Garage.

Das beruhigte Clementine, sie hatte den Nachbarn als netten und hilfsbereiten Menschen kennen gelernt.
Sie gingen zum Markt. Es herrschte ein ziemliches Gedränge. Plötzlich bemerkte Clementine den jungen Mann und einen wesentlich kleineren daneben, das war bestimmt der den sie für ein Kind hielt. Mit ihrer Überlegung war sie noch nicht zu Ende, als der kleinere versuchte sie abzudrängen und nach Constanzes Tasche zu greifen. Sie brüllte laut: „ Hilfe, der klaut"!
Gleichzeitig fuhr sie ihm mit dem Rollator in die Kniekehlen, er strauchelte, konnte sich aber schnell aufrichten.
Ein Mann wollte ihn festhalten, doch er konnte sich losreißen und verschwand in der Menge.
Den größeren Mann hatte sie in der Aufregung ganz vergessen.
Der wurde auch nicht mehr gesehen. Nach diesem Erlebnis brauchte Clementine eine Pause, sie gingen in das kleine Cafè auf der Promenade, dort war es etwas ruhiger.

Constanze lachte: „Mit einem so Ereignisreichen Urlaub bei Dir hatte ich nun wirklich nicht gerechnet". Sie nahm den ganzen Vorfall nicht so ernst. Einen versuchten Taschendiebstahl hatte sie auch in Berlin schon einmal erlebt.
Als sie aber sah, wie mitgenommen Clementine war, da sagte sie: „Ich glaube, Dir reicht es für heute. Verbringen wir halt unseren letzten gemeinsamen Abend schön gemütlich auf Deinem Balkon".
Daraus wurde nichts.
Als sie an der Wohnanlage ankamen, standen dort einige Polizeiautos und ein Krankenwagen.
Sie wurden schon erwartet.
Der Nachbar saß auf dem Balkon und sah wie zwei sehr verschieden große, junge Männer zur Garage der Frau Weidenbrecher gingen. Der kleinere öffnete und ging rein, da hielt der größere das Tor noch, dann ließ er los und das Tor knallte ihm ins Genick. Er fiel um und das Tor auf ihn.
Der Nachbar hatte inzwischen die Polizei verständigt.

Den kleineren jungen Mann konnten sie verhaften, der größere hatte nicht überlebt.
Die kleinen Flecken, so erfuhren Clementine und Constanze, waren Gaunerzinken, damit hatte sich die Bande verständigt, denn um Mitglieder einer osteuropäischen Bande handelte es sich hier, wie man ihnen sagte.
Von Walter Berger erfuhren sie nichts, aber ob der Namen stimmte, wussten sie ja auch nicht.
Am nächsten Tag fuhr Constanze gutgelaunt ab. Sie meinte, sie habe sich gut erholt.
Als sie weg war, sagte Clementine zu Hermanns Foto: „Nä, Hermann, et wo jo janz schön, äwwe zum Schluß wo et me jätt vill, esch söken me e lewe e ruhije Hobby".

Einige Zeit später rief Constanze an und teilte ihr mit, dass der Walter Berger ein gesuchter Heiratsschwindler und Betrüger großen Stils war und Walter Berger hieß er natürlich auch nicht.

Nach dem Telefonat sagte Clementine:
„Siehste Hermann, dat hann esch me doch tirek jedaach"!

Der Handarbeitsclub

In Clementine Weidenbrechers Nachbarschaft wohnte seit einigen Wochen eine junge Familie.
Ein Kind besuchte bereits den Kindergarten, dann gab es noch Zwillinge, die gerade ein halbes Jahr alt waren.
Die junge Frau hatte Clementine schon mehrmals gefragt, wie man verschiedene Gemüse zubereitet.
Nun ging sie schon einige Tage zu der jungen Frau, entwarf mit ihr einen Speiseplan und zeigte ihr die Zubereitung der Gerichte.

Clementine hatte während ihrer Ehe sehr viel gestrickt. Sie sprach mit der jungen Frau darüber, dass sie gern etwas für die Kinder stricken würde.
Bianca, so hieß die junge Frau, war begeistert, denn sie selbst konnte nicht stricken.

In ihrer Wohnung schaute Clementine sich ihren Wollevorrat an.
Na, da war doch einiges, was für Kleinkinder geeignet war.

Sie hatte vor Jahren für die Enkelkinder ihrer Kusine gestrickt, besaß aber keine Strickmuster mehr.

Sie machte sich auf den Weg ins Brückencenter, dort am Zeitungsstand, informierte sich eine ältere Frau ebenfalls über Strick- und Häkelmoden für Kleinkinder.

Clementine fragte die Frau, ob sie sich mit den Strickmustern auskenne?

Diese bejahte und fragte, im Verlaufe des Gesprächs, ob Clementine nicht zu ihrem Handarbeitsnachmittag am kommenden Donnerstag kommen wolle.

Erika Eisenmenger wohnte in einer Neubausiedlung am Rand von Kripp. In ihrem Garten traf sie sich jeden Donnerstagnachmittag um 15 Uhr, mit einigen Nachbarinnen, zum handarbeiten.

Wenn es draußen nicht möglich war, dann setzten sie sich in ihr beheizbares Holzhäuschen, das am Rande des Gartens stand. Ihr Mann hatte es vor Jahren für die Kinder gebaut, damit die dort ihre Partys feiern konnten.

Die Kinder waren längst aus dem Haus. Wenn sie mit ihren Familien zu Besuch kamen, konnten sie dort übernachten.

Als Clementine am Donnerstagnachmittag pünktlich um 15 Uhr am Haus von Eisenmengers an kam, wurde sie schon erwartet. Erika und Karin, die Damen sagten ihr gleich, dass sie sich alle mit Vornamen ansprachen, gingen mit ihr in den Garten.

Erikas Handarbeitsclub bestand einmal aus zehn Frauen, mittlerweile kamen aber nur noch fünf und auch die nicht immer regelmäßig, darum freute Erika sich so über Clementines Besuch.

Im Garten wurde sie von Christel und Brigitte erwartet, ob Roswitha noch dazu käme, wussten sie nicht. Deren Mann war ein Pflegefall, wenn sie jemanden hatte, der sich einige Stunden um ihn kümmern konnte, dann kam sie.

So war es auch diesmal, plötzlich saß Roswitha mit am Tisch.

Clementine hatte gar nicht bemerkt, dass sie gekommen war, erst als Erika sie vorstellte, bemerkte sie eine zierliche, kleine Person, die ganz scheu grüßte und sich gleich über ihre Handarbeit beugte.
Erika verteilte Kaffee, Roswitha winkte gleich ab, sie beteiligte sich auch nicht an den Gesprächen.
Clementine hörte zunächst zu, sie wusste auch nicht gleich, wer mit „ et Silvia und dat Maxima" gemeint war.
Da hatte sie mit ihrer Tageszeitung aber enorme Bildungslücken.
Sie hatte sich schon oft überlegt, wer wohl die ganzen bunten Blätter kaufte, die es an den Zeitungsständen gab. Jetzt wusste sie es!
Der Nachmittag machte Clementine viel Freude und mit ihrer Strickarbeit kam sie gut voran.
Erika konnte sie sehr gut beraten, weil sie viel für ihre Enkelkinder strickte und auch nähte.

Wieder zuhause angekommen, hatte sie Hermanns Foto eine Menge zu berichten.

„Dä Dokte hät jo jesaat esch soll jede Nomendaach 2 Stond spazieren john, do john esch jätt langsame dann bruch esch ad 1 Stond für hin un 1 zoröck. Dat reich me. Bes ob dat Roswitha jefallen die Fraue me joot, met dämm weiß esch noch net wo esch dran ben".

Der nächste Donnerstagnachmittag kam heran, das Wetter ließ zu wünschen übrig.
Es war trüb und windig.
Erika hatte bereits im Gartenhaus gedeckt. Die Tür ließen sie offen.
Heute waren außer Erika und Clementine nur Karin und Brigitte anwesend.
Plötzlich nahm Clementine, die an der offenen Tür saß, Brandgeruch war.
Karin sagte zu Erika: „Ach, unser Nachbar grillt wieder, seit der seinen neuen Feuerkorb hat, lässt der keine Gelegenheit aus, da fängt der am Nachmittag schon mit an".

Aber da war doch ein Knistern, Clementine erhob sich und sah eine Stichflamme, gleich neben dem Holzhaus:
Sie schrie: „Kommt raus es brennt"!

Tatsächlich hatte das Holzhaus seitlich bereits Feuer gefangen.
Sie packten ihre Sachen und eilten so schnell sie konnten zum Wohnhaus, Karin hatte bereits die Feuerwehr verständigt.
Das Holzhaus konnte die Feuerwehr aber nicht mehr retten.
 Von ihrem Nachbarn war nichts zu sehen, sein Feuerkorb stand gleich am Zaun, nicht weit vom Holzhaus. Daneben fanden die Feuerwehrleute einen leeren Benzinkanister.
Polizisten, die auch anwesend waren klingelten bei dem Nachbarn, aber es war niemand im Haus. Die Garage war offen und das Auto fehlte.
Als Clementine sich auf den Heimweg machte, stand eine alte, kleine Frau mit ihrem Rollator auf der Strasse, lachte höhnisch und sagte: „Hat dat Handarbeitsclübchen sein Nestchen verloren", dann drehte sie sich um

und verschwand in einem Hauseingang.
Clementine schüttelte nur den Kopf und ging weiter.
Erika und die anderen Damen hatten beschlossen, so lange es möglich war, weiter am Donnerstagnachmittag in Eisenmengers Garten zu sitzen, oder aber bei Karin im Wintergarten.
Karin war Witwe und wohnte Parterre. Über ihr wohnte ihre Tochter mit Familie, da störten sie niemanden.
Den nächsten Donnerstagnachmittag trafen sich alle bei Karin, da es mittags leicht regnete. Selbst Roswitha erschien pünktlich.
Bis kurz vor 17 Uhr war es ein schöner Nachmittag, dann hörten sie die Feuerwehr und ein Polizeiauto fuhr hinterher.
An Roswithas Haus brannte der Carport.
Ein junger Mann, der Roswithas Mann gelegentlich im Rollstuhl ausfuhr, war wegen des Wetters früher mit ihm zurückgekommen.
Er hatte Benzin gerochen und die Feuerwehr verständigt, während seines Telefonats gab es eine Stich-

flamme und der Carport brannte. Ein Übergreifen auf das Haus konnte die Feuerwehr verhindern. Es war ein Glück, dass der junge Mann mit Roswithas Mann gerade ankam, sonst hätte auch das Haus brennen können.
Clementine berichtete Erika von der alten Frau, die sich so hämisch geäußert hatte, als sie vergangenen Donnerstag nach Hause ging.

„Ach, die alte Frau Münzheimer ist durch den Wind, die lebt da mit ihrem Sohn und einer Freundin von dem, ein paar Kinder hat die derzeitige Freundin auch, das geht da zu wie im Taubenschlag.
Die kann man nicht ernst nehmen".

Karins Schwiegersohn kam nach Hause, als er hörte, was passiert war, meinte er, dass sähe ja so aus, als ob jemand was gegen den Handarbeitsclub habe, da würde er mal eine Kamera an ihrem Wintergarten anbringen.

Erika und Karin fanden das ein wenig übertrieben, wer sollte denn da etwas gegen haben.
Aber es war nicht übertrieben.
Am nächsten Abend hatte er die Kamera bereits angebracht.
Es war dunkel, als er Bilder der Kamera auf dem Monitor kontrollierte.
Da sah er plötzlich eine Gestalt über den Rasen huschen, sie löste eine Lampe aus, die er zusätzlich angebracht hatte. Er lief nach draußen, konnte aber niemanden mehr sehen.
Den ganzen Garten suchten seine Frau und er mit Lampen ab, ob sich irgendetwas Verdächtiges finden ließe, es fand sich aber nichts.
Vielleicht hatte der Täter sich so durch das Licht erschreckt, dass er verschwand.

Einige Wochen war es ruhig, Clementine und die anderen Damen meinten schon, da würde nichts mehr passieren, dass wären sicher böse „Dumme-Jungen-Streiche" gewesen.
An diesem Donnerstag hatte Clementine ihren Rollator innen an der Haustür stehen.

Da fiel ihr ein, dass sie ja ein neues Strickmusterheft dabei hatte, das sie Erika zeigen wollte.
Durch das Glas der Eingangstür sah sie, wie jemand auf das Haus zukam, sie wollte eben die Tür öffnete, als sie sah, das die Person sich duckte und seitlich wegschlich.
Sie riss die Tür auf und schrie: „Karin, ruf die Polizei, der Feuerteufel ist hier".

Ob er es wirklich war wusste sie nicht, sie sah nur wie ein Junge, vielleicht 12 oder 13 Jahre alt weg rannte. Neben der Haustür lag ein Benzinkanister.
Für die Polizisten war es nicht schwierig herauszufinden, wo der Junge wohnte.
Frau Münzheimer hatte ihn angestiftet. Der Junge wollte Abenteuer und die alte Dame Rache, weil sie nicht gefragt worden war, ob sie bei dem Handarbeitsclub mitmachen wollte. Die Mutter des Jungen war bald mit ihren Kindern verschwunden und die alte Frau Münzheimer starb einige Zeit später in einem Heim.

Als alles vorbei war, sagte Clementine zu Hermanns Foto: „ Met dämm Klübsche hann esch jezz esu vill älääw, Hermann, dat schweiß zesamme, dat es esu wie en ene joode Ehe".

Der Jakobsmarkt

Clementine Weidenbrecher hatte mal wieder einen ausgiebigen Spaziergang durch Remagen beendet.
Bevor sie nach Hause ging, besuchte sie erst noch das Grab ihres Mannes.
Dort sprach sie nur in Gedanken mit ihm, zuhause angekommen, stellte sie sich vor sein Bild und redete laut zu dem Foto.
Der Hermann antwortete ihr zwar nicht, aber daran war sie gewöhnt.
In den letzten Jahren als Pflegefall konnte er nicht mehr antworten und vorher wollte er oft nicht.
So berichtete sie ihm jetzt, dass sie in der Touristinformation am Markt war und sich ein Heft mitgebracht habe, in dem über die bevorstehende Apollinariswallfahrt und den Jakobsmaat informiert wurde.
„Nä, Hermann, wat freuen esch mesch op dä Maat, äwwe führer lossen esch me dat Haup vom Apollinaris op dä Kopp sezze".
Später telefonierte sie mit Erika Eisenmenger, ihrer Freundin vom Handarbeitsclub.

Sie verabredeten sich für den kommenden Samstag, da wollten Bernd und Erika Eisenmenger zur 1. Pilgermesse in die Apollinariskirche. Sonntagsvormittags würden sie dann gemeinsam den Jakobsmaat besuchen.

Der Samstag war ein schöner Tag, nach dem Besuch der Pilgermesse besuchten sie den Garten der Apollinariskirche und genossen den schönen Ausblick aufs Rheintal.
Es war so ein Tag, den Clementine zu ihren „Perlen" zählte.
Wenn sie so einen „Perlentag" erlebt hatte, fühlte sie sich des Abends rundherum glücklich und zufrieden. Dann sagte sie zu Hermanns Foto: „Du jeläuwes net, wat esch für ene schöne Daach hat". Hermann widersprach nicht.
Am Sonntagvormittag traf Clementine ihre Freunde, das Ehepaar Eisenmenger, am Beginn des Jakobsmarktes. Sie standen bereits bei dem Blumenhändler, gegenüber der Seniorenresidenz.

Sie bummelten einige Stunden über den Markt und kauften Einiges, was man sonst nicht mehr in Remagen erwerben konnte.
Bernd Eisenmenger, ein begnadeter Grillmeister, suchte sämtliche Gewürzstände nach Zutaten für kommende Grillfeste ab.
An allen infrage kommenden Ständen fand er etwas. Mal war es ein besonderes Salz, dann eine Kräuter- oder Pfefferspezialität.

Zwischendurch machten sie Pause und genossen die Speisen der Remagener Gastronomie.
Sie hatten viel Spaß und fühlten sich in ihre Kindheit und Jugend versetzt.

Am frühen Nachmittag schlug Clementine vor, mal eine Pause auf ihrem Balkon zu machen,
dann könnten sie noch einmal eine Runde über den Markt gehen.

Bernd, der jetzt müde war, nahm das Angebot begeistert an.

Sie suchten Clementines Wohnung auf und Bernd machte ein kleines Nickerchen, während die Damen auf dem Balkon Kaffee tranken und sich ihre Einkäufe ansahen.

Clementine hielt ein durchsichtiges Tütchen mit Salz in der Hand. Es war keine Beschriftung darauf. Von welchem Stand mochte das sein? Bernd wollte doch immer genau wissen, was er kaufte. Erika schaute sich das Päckchen an und meinte, sie habe auch keine Ahnung, da müssten sie Bernd mal fragen, wenn er wieder wach sei.
Als Bernd aufwachte, meinte er, da habe ihm jemand versehentlich Backpulver gegeben.

Dann halte er eben noch mal Ausschau nach Salz und Mischungen. Erika schnallte ihre Gürteltasche um und Clementine nahm eine Umhängetasche auf die rechte Schulter, zog sie über den Kopf, so dass der Gurt quer über ihrer Brust verlief.
Nun hatte sie die Hände für das Schieben ihres Rollators frei.

Im dicksten Gedränge, auf der Promenade spürte Clementine eine Hand auf ihrer rechten Schulter, die nach ihrer Tasche griff.
Eisenmengers waren bereits ein Stück vorgegangen, als sie Clementine laut rufen hörten:
„Lassen Sie sofort meine Tasche los!"
Der Mann dachte überhaupt nicht daran.
Bernd und Erika waren sofort bei Clementine, diese nutzte die Lücke, die gerade entstand, drehte sich mit ihrem Rollator nach links um ihre eigene Achse und schlug den Rollator so heftig sie konnte gegen die Beine ihres Angreifers.
Der war einen Moment lang so verblüfft, dass er ihre Tasche los ließ.
Bernd und ein weiterer Mann kamen zu Hilfe und hielten den Täter fest.

Erika verständigte bereits die Polizei.
Der Täter beteuerte, er habe gar nicht die Tasche nehmen wollen, er sei von dem Gewürzstand an der Promenade und habe in ihr eine Kundin wieder erkannt, der er am Vormittag ein falsches Gewürz gege-

ben habe. Er wollte Clementine nur festhalten, um mit ihr zu reden.
So recht wollte ihm diese Aussage niemand glauben, aber Erika fiel das „Backpulver" Päckchen ein.
Sie fragte: „Was war das denn für ein Gewürz, das sie uns gegeben haben? Es muss Ihnen doch einiges wert sein, wenn Sie es umtauschen wollen."
Nein, es ginge ihm doch nur darum seine Kunden zufrieden zustellen. Sie sollten nur mit ihm zu seinem Stand zurück gehen, dann würden sie schon sehen, was er meinte.
Darauf ließen sich seine Kunden aber nicht ein, sie warteten mit ihm auf die Polizei.
Sie hatte sich etwas seitlich gestellt um in die Fährgasse sehen zu könne, weil sie annahmen, dass die Polizisten von dort kämen.
Bernd war einen Augenblick unaufmerksam, als er zwei Polizisten kommen sah, da stieß der Täter den Mann, der ihn mit festhielt, so heftig gegen die Brust, dass er hinfiel und mit dem Kopf auf den Bordstein aufschlug.

Der Mann war bewusstlos und der Täter weg.
Die Polizisten leisteten 1. Hilfe, aber in dem Gedränge dauerte es, bis der Krankenwagen ankam.
Als der Mann abtransportiert war, hörten sich die Polizisten die Geschichte an.
An dem Pulver waren sie sehr interessiert. Sie gingen mit zu Clementines Wohnung und nahmen das ominöse Päckchen an sich.
Von welchem Stand es stammte, konnten die Eisenmengers und Clementine nicht sagen.
Bernd sagte den Polizisten, es sei sicher kein Päckchen, das er sich ausgesucht habe, weil immer wert auf Beschriftung lege, dieses Päckchen müsse ihm jemand beim Einpacken dazu gesteckt haben.
Nun war es leider schon so spät, dass viele Stände bereits abgebaut hatten, da konnten sie nur noch den Täter beschreiben.
Er war mittelgroß, vielleicht 25-30 Jahre alt, trug eine beige Kappe mit einem grünen, gestickten Drachen seitlich.

Ferner ein weißes T-Shirt und blaue Jeans. Seiner Aussprache nach stammte er vom Niederrhein.
Am meisten interessierte die Polizisten die Kappe.
Clementine konnte den Drachen malen, denn der war ihr aufgefallen.
Mit den Polizisten gingen auch Eisenmengers.

„Nä, Hermann, dat wo höck alles andere nur keijne Perledaach, dobej wo et bess meddaachs esu schön", sagte Clementine zu Hermanns Foto, dann war der Tag auch für sie zu Ende.

Der nächste Sonntag kam und Eisenmengers waren schon früh bei Clementine.
Sie wollten sich heute alle Gewürzstände ganz aufmerksam ansehen, vielleicht fiel ihnen dann ein, wo sie das seltsame Päckchen erhielten.

Sie gingen über den Markt und es fiel ihnen auf, dass der Gewürzstand, der auf der Promenade, am Aufgang zur Obergasse gestanden hatte, fehlte.

Es stellte sich später heraus, dass dieser Stand tatsächlich aus Wesel kam.
Der Standbetreiber hatte mehrere Stände und einige Verkäufer.

Einer dieser Verkäufer wurde wenige Tage, nach dem Vorfall in Remagen, in Wesel festgenommen. Er hatte den Stand für seinen Rauschgifthandel missbraucht.
Es war der junge Mann mit der Drachenkappe.

„Esu hät mesch noch keijne Jakobsmaat opjerääch", lautete Clementines Mitteilung an Hermanns Bild.

Der Schwimmbadbesuch

 An einem heißen Sonntag, Anfang August reiste Clementines Kusine Cornelia mit ihrem Ehemann Wilfried und den Enkelinnen, Lisa und Sophie im Wohnmobil zum Remagener Campingplatz.
Lisa und Sophie, zwölfjährigen Zwillinge, fuhren in den Sommerferien immer mit den Großeltern im Wohnmobil, möglichst zu einem Campingplatz mit Schwimmbad oder See in der Nähe. Die Mädchen hätten am Liebsten ihre gesamten Ferien im Wasser verbracht.

Cornelia hatte ihre Kusine Clementine lange nicht gesehen und da ihre Schwester Constanze bereits im Juni bei ihr zu Besuch war, dachte sie, da wäre doch mal ein Abstecher nach Remagen in den Ferien möglich. Clementine sah die Mädchen das letzte Mal bei ihrer Taufe, sie lebten in Hessen und die Fahrt dorthin war ihre letzte Reise mit ihrem Mann.

Hermann hatte kurze Zeit später einen Unfall, der ihn zum Pflegefall werden ließ.
Als Clementine mit Cornelia telefonierte und ihr sagte, es gäbe neben dem Campingplatz ein Schwimmbad mit einer großen Rutsche, meinte diese, dann wollten die Mädchen bestimmt nicht mehr weg von Remagen.

Jetzt waren sie erst einmal angekommen und als die Mädchen den Platz ein wenig erkundet hatten, lernten sie Kinder in ihrem Alter kennen, die bereits im Schwimmbad waren.
Sie verabredeten sich für den nächsten Tag um gemeinsam ins Bad zu gehen.
Wilfried und Cornelia wollten die Beiden aber nicht gleich allein dort hingehen lassen.
Clementine könnte doch mit, so schlugen sie ihr vor.
Mit einem Badeanzug von Cornelia ausgeliehen, ging Clementine mit.
Ihre dünne Goldkette mit dem Brillanten ließ sie an. Der machte Wasser nichts aus, sie duschte sogar damit.

Cornelia legte ihren Schmuck ab, sie nahm lediglich ihre Uhr mit, wie ihr Mann auch.
Mit einem Sonnenschirm, ausreichend Badetücher und Getränke beladen, kamen sie im Schwimmbad an. Als sie sich umgezogen hatten, fanden sie schnell einen passenden Platz, an dem sie sich niederließen.
Die Mädchen waren bereits im Wasser, während Wilfried das Bad noch erkundete.
Dann ließ Wilfried sich auf einem der Badetücher nieder und die beiden Frauen gingen ins Wasser. Mit Cornelias Hilfe schaffte Clementine den Weg ohne Rollator.

Es war Nachmittag, der allen Beteiligte viel Freude bereitete und den sie am nächsten Tag wiederholen wollten.
Der Montag war schwül heiß, Clementine und Cornelia gingen nur kurz ins Wasser, weil es ihnen zu voll war. Sie legten sich auf ihre Badetücher und nickten ein.
Clementine schreckte auf, als sie plötzlich einen Tumult bemerkte.

Wie sie hörte, waren wohl einige Handys gestohlen worden.
Die Sonne war nicht mehr zu sehen.
Wie lange hatte sie denn geschlafen?
Cornelia kam in diesem Augenblick mit Wilfried und den Mädchen, sie waren ganz aufgebracht, Cornelias Uhr war verschwunden.
Clementine fasste an ihren Hals, ihre Kette war auch weg!
Wie war das möglich, die hatte sie sicher verloren, sie hätte doch bemerkt, wenn ihr jemand die Kette abgenommen hätte!
Der Verschluss war doch so schwierig zu öffnen, dass konnte doch nicht sein!
Dann gab es eine Durchsage, es mussten alle aus dem Wasser, wegen eines aufziehenden Gewitters.
Sie hörten es bereits donnern, als sie zu den Umkleidekabinen gingen.

In der Umkleide hörten sie plötzlich eine Frau schreien: „Mein Spind wurde aufgebrochen, mein Geld, das Smartphone, der Schmuck, alles ist weg. Ich gehe zur Polizei und erstatte Anzeige!"

„Das werden wir auch tun", beschlossen Clementine und Cornelia.
Als sie endlich am Ausgang ankamen, hatte der Himmel sämtliche Schleusen geöffnet.
Es tobte ein heftiges Gewitter gerade über ihnen.
Cornelia und ihre Familie beschlossen zum Campingplatz zu laufen, sie waren ja ohnehin schon nass und es drängelten sich so viele Menschen am Eingang, da wurde es ihnen zu eng.

Clementine blieb auf ihrem Rollator sitzen, bis zu ihrer Wohnung, oder gleich zur Polizei, war es ihr bei dem Wetter zu weit. Ihr Mobiltelefon hatte sie zu Hause gelassen, sie hätte sich bei diesem Gewitter auch nicht getraut zu telefonieren.
So schnell dieses Unwetter herangezogen war, so schnell war es auch beendet.
Nach etwa einer halben Stunde war alles vorbei.
Clementine beschloss erst zum Campingplatz zu gehen und mit Cornelia über die Anzeige zu reden.

Sie kam gleichzeitig mit einem Polizeiauto bei ihrer Kusine und deren Familie an.
Wilfried hatte jemand die Schlüssel zum Wohnmobil gestohlen und Cornelias Schmuck entwendet.
Der Täter musste sie kennen und ihnen in das Schwimmbad gefolgt sein.

Es stellte sich dann heraus, dass noch zwei weitere Wohnmobile heimgesucht wurden.
Auch dort fehlten Schmuck und Bargeld.
Über die Diebstähle im Schwimmbad waren die Polizisten bereits informiert.

Die Handys der Zwillinge waren noch vorhanden.
Sie hatten am Vortag sehr viel fotografiert. Auf einigen Aufnahmen waren Cornelias Schmuck und auch Clementines Halskette zu sehen.
Sehr interessant waren auch ihre Aufnahmen vom Campingplatz und dem Schwimmbad.

Auf einem Foto sah man einen jungen Mann, mit dem die Beiden um die Wette schwammen.
Der junge Mann hatte sie auch gefragt, wo sie denn wohnten. Als Wilfried auftauchte, verschwand er.
Heute hatten sie ihn nicht gesehen.
Möglicherweise hatte er einen Komplizen.
Clementine schaute sich den jungen Mann noch einmal ganz genau an.
Den hatte sie doch gesehen, er war mit ihr zum Campingplatz gegangen.

Er hatte sie kurz vor dem Eingang überholt und war vor dem Eintreffen des Polizeiwagens durch die Sperre.
Ein anderer Bewohner des Campingplatzes hatte den jungen Mann ebenfalls gesehen.
Der Platzwirt wurde befragt, er meinte, da seien zwei junge Männer mit einem Wohnmobil,
die den Platz kurz vorher verlassen hatten.
Die Autonummer war bekannt, es nützte nur nichts, das Wohnmobil war vor zwei Tagen in Bonn gestohlen worden.

Clementine ging sehr bedrückt nach Hause.
Dort angekommen, nahm sie Hermanns Foto zu Hand und klagte ihm ihr Leid.

„Nä Hermann, wat jitt et doch für schläächte Minschen, ousjerechnet dat Kettsche wat de mir fü dä 10. Huchzejtsdaach jeschenk häss mot dä me klaue. Nä, nä, hätt esch dat doch nur ussjedohn, äwwe dat jing doch esu schwer op, wie dat eine von mengem Hals affkrisch hät, dat wöß esch jo schon jän ens".
Clementine sollte erfahren, wie der Täter ihre Halskette von ihrem Hals entfernt hatte.
Sie war sehr unruhig, trat auf ihren Balkon und sah einen klaren Himmel. Die Luft roch frisch und es war noch nicht dunkel, da könnte sie noch einen kleinen Spaziergang machen.
Sie machte sich auf den Weg zum Friedhof.
Am Parkplatz an der „Alte Strasse" bemerkte sie ein Wohnmobil, als sie den Friedhof betrat. Das Kennzeichen konnte sie aber nicht erkennen.

Ganz vorsichtig schlich sie bis zum Zaun, duckte sich neben einen Grabstein und sah, wie zwei Männer aus dem Wohnmobil ausstiegen und auf einen großen BMW zugingen, der in der Nähe des Zauns stand. Plötzlich hörte sie einen Schuss, ein Mann stieg in den BMW, der sofort davon fuhr.
Das Kennzeichen hatte sie nur teilweise sehen können: K- BG 1...
Sie entschloss sich, dies gleich bei der Polizeistation zu melden. Da hörte sie ein Stöhnen.
Auf dem Parkplatz lag der junge Mann, den sie vor dem Eingang zum Campingplatz gesehen hatte.
Als der Notarzt eintraf, den Clementine zusammen mit der Polizei verständigt hatte, konnte der nur noch den Tod des jungen Mannes feststellen.
Ihre Kette hatte sich in seiner Hosentasche verfangen. Der Verschluss war ganz, wahrscheinlich hatte der Täter ein Glied mit einer kleinen Zange geöffnet.

Es stellte sich heraus, dass er Mitglied einer Bande war, die die Polizei bereits kannte.
Der junge Mann war für die Bande nicht erfolgreich genug, sie hatten auch bemerkt, dass er von Lisa und Sophie fotografiert wurde. Das war sein Todesurteil.
„Dä Hermann, dä Veschluss hät jodoch jehale", war Clementines letzter Kommentar zu diesem Fall.

Der Waldspaziergang

Clementine Weidenbrecher hatte in der letzten Woche einen Termin im Ärztehaus am Bahnhof.
Im Wartezimmer traf sie ihre Schulfreundin Inge. Sie hatten viele Jahre nichts von einander gehört, weil Inge und ihr Mann Willi, beruflich bedingt, jahrelang im Ausland lebten.
Nun waren sie als Rentner wieder nach Remagen gezogen.
Sie wohnten im „Fuchsloch".
Inge lud Clementine ein, sie doch einmal zu besuchen.
Heute war es soweit. Inge holte Clementine mit ihrem Auto ab, der Weg hoch ins „Fuchsloch" war ihr zu steil.
Willi, ein begnadeter Hobbykoch hatte das Essen bereits fertig, als die beiden Damen ankamen.
Aber vor dem Essen musste Clementine Bello begrüßen, einen mittelgroßen Mischlingshund.
Dann konnten sie sich zu Tisch begeben.

Während des Essens unterhielten sie sich über ihre gemeinsame Schulzeit und dann sollte Clementine erzählen, wie sie als Witwe lebte.
Es gab eine Menge zu berichten, im Augenblick beschäftigte ein junges Paar, dass gegenüber ihrer Wohnung lebte, Clementine.

Bianca, eine junge Mutter, der Clementine Koch- und Handarbeitsunterricht gab, hatte ihr die junge Frau vorgestellt.
Sie hieß Jasmin und war eine ganz zarte, kleine Person.
Jasmin trug ein Top, da konnte Clementine ihre Tätowierung, einen Feuer speienden Drachen auf ihrem Oberarm bewundern.
Eine längere Unterhaltung war nicht möglich, weil ihr Mann sie abholte.
Der junge Mann war sehr höflich, stellte sich gleich vor, er hieß Fabian Wegener.
Clementine fühlte sich unbehaglich in seiner Nähe.

Das Gefühl verschwand auch nicht, als Bianca ihr erzählte, die Beiden seien Anhänger der Sado - Maso - Szene.

„Nä, wat et net all jitt", hatte Clementine an diesem Abend zu Hermanns Foto gesagt.

Ihre Schilderungen fanden Inge und Willi interessant.

Aber Clementine meinte, sie sehe ja nicht viel von den jungen Leuten, da sei sie in diesem Fall aber auch nicht böse drum.

Nach dem Essen schlug Willi einen Waldspaziergang vor, der Hund müsse raus und ihnen würde es auch gut tun.

Mit ihrem Rollator konnte Clementine nicht gut auf Waldwegen gehen, darum schlug Willi vor, sie solle seinen Stocksitz nehmen.

Er nahm den Stock, löste eine Arretierung am Griff und klappte ihn seitlich.

Dann zog er die Teile, die vorher im Griff steckten auseinander, als er fertig war, stand ein Drei-Bein-Hocker vor Clementine. Wieder zusammengeklappt, war es ein stabiler Stock.

So ausgestattet, hakte sie sich mit einem Arm bei Inge unter und auf der anderen Seite stützte sie der Stock.
Willi nahm den Hund an die Leine und dann ging es los.
Es ging den Jerusalemweg entlang, hoch nach Kirres. Dort pausierten sie eine Weile auf einer Bank.
Weiter ging es Richtung Reisberg.
Sie hatten schon einen schönen Blick auf Bodendorf, als der Hund Willi ins Unterholz zog.
Er schnupperte aufgeregt und zerrte an einem Stück Stoff.
Willi nahm ihm den Lappen ab und schaute ihn an. Es war ein Stück von einem alten Herrenhemd.
„Da, spiel weiter mit dem Fetzen, wenn der Geruch Dir so gut gefällt", sagte Willi und gab dem Hund den Lappen wieder.
Der Hund trug den Lappen wie eine Trophäe nach Hause.
Als sie wieder am Haus von Inge und Willi angekommen waren, fuhr Inge Clementine wieder nach Hause, der Waldspaziergang hatte sie sehr angestrengt.

Sie hatte zu Hause nicht einmal Lust Hermanns Bild von ihrem Tag zu berichten, so geschafft war sie, aber auch froh, mal wieder im Wald gewesen zu sein.
Es waren schöne Herbsttage und der Wald färbte sich von Tag zu Tag mehr.

Einige Wochen später war sie wieder bei Inge und Willi eingeladen, es war leider ein nebliger Tag, aber der Hund wollte seinen Spaziergang und die Menschen mussten mit.
Sie beschlossen, mit dem Auto zum „Neuen Weg" zu fahren, das Auto stellte Inge am Verbindungsweg zum „Obersten Tal" ab, sie liefen langsam bis zum Haus Hohenlinden und bogen Richtung Haus Einsiedel ab. Mit Willis Stock und Inges Arm, konnte Clementine mithalten.
In den Wald wollten sie nicht, denn bei dem Nebel blieben sie lieber am Waldrand.
Trotzdem kamen sie wieder auf Kirres an. Sie hatten so eifrig geplaudert, dass sie einfach weitergingen.

Es hatte in der Nacht geregnet und waren die Wege feucht. Clementine konnte nicht mehr, sie musste sich ausruhen, auch Willi und selbst der Hund waren ruhebedürftig.
Sie beschlossen sich etwas auszuruhen, dann wollte Inge schnell allein zurück laufen und das Auto holen.
Die Wege kannte sie von Spaziergängen mit dem Hund sehr gut.
Clementine, Willi und Bello machten sich auf den Weg zurück ins „Fuchsloch".
Willi meinte, die Inge sei so flott, wenn die allein ginge, die wäre bestimmt vor ihnen da.
Als sie am Haus im „Fuchsloch" ankamen war weder von Inge noch von ihrem Auto etwas zu sehen.
Es wurde bereits dunkel und Willi sorgte sich, weil auch der Nebel immer dichter wurde.
Clementine fragte ihn, ob sie dableiben solle, bis Inge wieder da sei, sonst würde sie ein Taxi bestellen, um nach Hause zu kommen.
„Du kannst nach Hause fahren, die Inge ist bestimmt noch einkaufen und hat ihr Handy im Auto liegen, viel-

leicht hat sie auch noch Leute getroffen und sich fest geplaudert", meinte Willi.
Aber weder er noch der Hund waren ruhig.
Clementine verabschiedete sich, als das Taxi kam und Willi versprach, dass Inge sich gleich bei ihr melden sollte, wenn sie da sei.
An diesem Abend hörte Clementine nichts mehr von Inge.
Morgens klingelte schon sehr zeitig ihr Telefon, Willi war am Apparat, es hatte ihm keine Ruhe gelassen, er war mit einem Nachbarn in den „Neuen Weg" gefahren, dort stand Inges Auto, wo sie es am Abend vorher abgestellt hatte.
Nun wurde es allmählich hell, da wollten der Nachbar mit seinem Hund und Willi mit Bello durch den Wald bis zum Auto gehen.
Es tat Clementine sehr leid, dass sie nicht mit konnte, aber sie wäre den Beiden nur ein Klotz am Bein gewesen.
So blieb ihr nichts anderes übrig als zu warten, bis Willi sich wieder meldete.

Sie schaute sich das Gebiet auf einem Messtischblatt an. Dort war jeder Waldweg exakt verzeichnet.
„Hermann, wat es dat doch joot, dat esch deng Kaate all behaale hann", sagte sie zum Bild ihres Mannes.

So sehr lange musste sie nicht warten, bis Willi sich meldete.
Sie verstand ihn zunächst nicht richtig, bis der Nachbar mit ihr sprach.
Inge hatte sich im Nebel verlaufen und war gestürzt. Sie hatte die ganze Nacht bewusstlos im Wald gelegen. Die Hunde hatten sie gefunden. Der Rettungsdienst war unterwegs.

Inge war leider nicht mehr zu retten, sie war zu Boden geworfen und vergewaltigt worden, der Täter hatte sie sehr schwer verletzt.
Clementine erinnerte sich, dass am Kreuz zwei Autos standen, als sie auf Kirres waren.
Der eine Wagen hatte Scheinwerfer an, als sie vorbeigingen. Dann saß dort sicher auch jemand drin, der sie beobachtet hatte.

Sicher hatte der Beobachter auch gesehen, dass eine Frau allein zurück ging, denn so dicht war der Nebel dort am Waldrand nicht.
So war es auch. Das Auto, eine japanische Marke, war ein ganzes Stück in den Wald gefahren, das konnte durch die Reifenspuren am anderen Tag festgestellt werden.

Es dauerte nicht sehr lange, bis Willi erfuhr, dass seine Frau das Zufallsopfer eines Mannes wurde, der oft zum joggen auf „Kirres" fuhr, an diesem Tag aber wegen des Nebels noch unschlüssig im Auto saß und sich bereits überlegte, wieder nach Hause zu fahren.
Dann sah er, dass die Frau allein ging und nicht einmal den Hund mitnahm. Diese günstige Gelegenheit wollte er sich nicht entgehen lassen.
„Nä, Hermann, et es doch joot, dat esch do net allein eröm laufe kann, och wenn Dou imme jesaat häss, mesch söch doch keijne, weil esch imme brong ode bääsch aanhann".

Das Konzert

Clementine kam vom Handarbeitsnachmittag zurück nach Hause, öffnete ihre Kleiderschranktür und prüfte kritisch ihren Bestand an festlicher Kleidung.
Viel zu prüfen gab es da nicht, sie besaß ein braunes Seidenkleid, das allerdings schon über 30 Jahre alt war, ihr aber immer noch passte.
Sie gehörte zu den wenigen Frauen, die ihre Figur im laufe ihres Lebens nur unwesentlich verändern.

Als sie das Kleid kaufte, hatte sie blondes Haar und jetzt war das Haar fahl grau-blond, da sah sie nicht mehr gut drin aus.
Ihr Anblick gefiel ihr nicht. Sie musste Hermann recht geben, er hatte mal gesagt, sie sei kein graues sondern ein braun - beiges Mäuschen.

Wenn sie heute jemandem in Erinnerung blieb, der sie nur einmal sah, dann wegen ihres Rollators.

Ihre Handarbeitsfreundin Karin, mit der sie am Freitag zu einem festlichen Konzert gehen wollte, beendete heute ihren Pullover, den sie aus feinem Lurexgarn zu diesem Anlass gestrickt hatte.
Clementine war nicht mode bewusst, aber jetzt hatte sie mehrere Einladungen die in einem festlichen Rahmen stattfanden, da entschloss sie sich zu einem Einkaufsbummel.

Ihr letzter Garderobeneinkauf lag über 10 Jahre zurück, als ihr Mann noch gesund war und da ging es um praktische Alltagskleidung.
Die Geschäfte, die sie damals aufgesucht hatte, gab es nicht mehr.
Am nächsten Vormittag fuhr sie mit der Ahrtalbahn nach Bad Neuenahr.
In einer Boutique wurde sie gut beraten.
Zu ihrem neuen blauen Hosenanzug kaufte sie gleich noch eine Bluse und passende Schuhe.

Den nächsten Zug würde sie nicht mehr erreichen, da konnte sie auch noch einen Kaffee trinken.

Im Cafè fragte eine nette junge Frau, ob sie sich zu ihr an den Tisch setzen dürfe.
Clementine hatte nichts dagegen und die Beiden plauderten so angeregt, dass Clementine den nächsten Zug auch verpasste.
Das Auto der jungen Frau stand in der Nähe des Bahnhofes, so begleitete diese Clementine.
Sie ging mit und half ihr in den Zug. Als der Zug anfuhr, schaute Clementine sich noch einmal nach der jungen Frau um, konnte sie aber nicht mehr entdecken.
Ihr nächster Blick galt ihrem Rollatorkorb mit den Einkäufen, er war leer!
Bis sie sich gefasst hatte, war der Zug in Remagen.

Sie hatte bereits ihre Umhängetasche durchsucht, ihre Brieftasche und die Geldbörse waren noch drin.
Wie gut, dass sie Kassenbons nie bei der Ware ließ, sondern immer in ihre Brieftasche steckte, so hatte sie jetzt einen Beweis, wenn sie zur Polizei ging um Anzeige zu erstatten.

Am Spätnachmittag, es war bereits dunkel, kam sie zu Hause an.
Erschöpft von diesem Tag nahm sie Hermanns Foto und sagte: „ Do wollt esch me ens jätt jönne un och en andere Farww nenn, äwwe dat soll net sen."

Sie rechnete nicht damit, dass sie ihre Kleidung wieder bekam und hatte auch keine Lust auf einen weiteren Einkaufsbummel.
Am anderen Morgen telefonierte sie mit der Friseuse, die sie bei ihren Besuchen im Salon bediente.
Sie konnte bereits für den nächsten Tag einen Termin bekommen um ihr Haar etwas farblich auffrischen zu lassen.
Ganz entspannt saß sie am Frisierplatz, während die Farbe auf ihrem Kopf einwirkte.
Sie nahm ihre Lesebrille aus der Tasche, legte diese wieder auf ihren Schoß, unter den Frisierumhang und wollte eben die Illustrierte zur Hand nehmen, die sie sich zurechtgelegt hatte, als die Tür aufging und eine junge Frau den Salon betrat.

Die junge Frau grüßte freundlich, lief zielstrebig zu der Frau neben Clementine, die unter einer Haube saß, sagte etwas zu ihr und steckte einen Briefumschlag in deren Tasche.
Clementine konnte die junge Frau nicht deutlich sehen, hatte aber das Gefühl, es könnte die Diebin sein.
So schnell wie die junge Frau den Salon betreten hatte, so schnell war sie auch wieder raus.
Clementine war aufgesprungen, um ihr den Weg zu verstellen, aber mit deren Geschwindigkeit kam sie nicht mit.
Sie fragte die Friseuse, ob sie die Frau kenne, sie sagte: „Nein, Die sehe ich heute zum 1. Mal.
Frau Malzinger wird sie sicher kennen, denn bei ihr war sie ja."
Aber Frau Malzinger kannte sie nicht. Die junge Frau hatte sie gefragt, ob die Temperatur so recht sei und sich zu ihr gebeugt, dass sie an ihrer Tasche war, hatte sie nicht bemerkt.
Sie schaute in ihrer Tasche nach, der Umschlag war leer und ihre Geldbörse ebenfalls.

Auf dem Weg zum Salon hatte Frau Malzinger eine größere Menge Geld bei der Bank abgehoben, dabei war sie vermutlich beobachtet worden.
Da hatte man es wohl mit einer professionellen Diebin zu tun, ob die allein arbeitete?

Nun saßen Clementine und Karin im Foyer der Rheinhalle und genossen das festliche Konzert.
Karin trug ihren Lurexpullover und einen schwarzen Samtrock und Clementine ihr braunes Seidenkleid.
In der Pause entdeckte Karin eine Bekannte, diese erzählte ihnen, dass ihr Auto, ein silbernes Mercedes Coupè, gestohlen wurde.
Dummerweise hatte sie die Autotür auf und den Zündschlüssel stecken lassen, als sie das Garagentür öffnete. Ihre Handtasche mit den Scheckkarten lag auf der Beifahrerseite.
Es ging so schnell, dass sie nicht einmal sagen konnte, ob eine Frau oder ein Mann in ihr Auto sprang und damit fortfuhr.

Sie hatte sofort Anzeige erstattet, aber der Wagen war wie vom Erdboden verschluckt.
Nachbarn hatten in der Nähe einen LKW stehen sehen, auf den möglicherweise das Auto aufgeladen wurde.
Clementine beschäftigten diese Vorfälle sehr. Ob es da einen Zusammenhang gab, denn die Bekannte hatte einige Tage vorher auch eine nette junge Frau in Bad Neuenahr kennen gelernt, auf die die Beschreibung von Clementines Diebin passte.
Ein paar Tage später las Clementine in der Zeitung, dass ein Paar in Hotels in Bad Neuenahr und Bad Breisig logierte und dort Gäste bestahl.
Als ein Hotelier die Polizei verständigte, gelang den Beiden gerade noch die Flucht.
Ihre gesamte Beute konnten sie aber nicht mehr mit nehmen.
Die Polizisten fanden Ausweise auf verschiedene Namen und außerdem Clementines Einkäufe, der Anzug war getragen.
Geld fand sich keines mehr.

Das Paar war der Polizei bekannt und wurde in ganz Deutschland gesucht. Wenn ihnen in einer Gegend die Polizei auf den Fersen war, veränderten sie ihr Aussehen und reisten ab.
So waren sie bereits einige Jahre unterwegs.
Großstädte mieden sie mittlerweile.
Im letzten Jahr hielten sie sich überwiegend im Rheinland auf.

Der Besitzer einer Halle im Remagener Gewerbegebiet hatte diese vermietet.
Nach drei Monaten erhielt er keine Miete mehr.
Den Mieter konnte er nicht erreichen, denn die angegebenen Daten waren falsch.
Er erstattete Anzeige und ließ die Halle öffnen.
Die Polizei fand eine Menge brauchbarer Spuren.
Die Halle war der Umschlagplatz des Diebespaars. Die gestohlenen Autos ließen sie von Osteuropäern abholen, dass war das „Hauptgeschäft" des Mannes.

Die Frau war währenddessen ständig unterwegs, auf der Suche nach leichten Opfern.

Weil aber Clementine aus ihrem Portmonee das letzte Kleingeld für den Kaffee zusammengesucht hatte und keine Scheckkarten zu sehen waren, stahl die Diebin die Kleidung. Clementines Brieftasche hatte sie nicht gesehen.

Es war ein schöner Dezembermorgen, als Clementine das Radio anmachte und in den Landesnachrichten von einer Schießerei mit zwei Toten auf einem Parkplatz an der A61 hörte.
Die Toten waren das gesuchte Diebespaar.
„Jo Hermann, esch vesöken et äwwe doch noch ens met neuje Saache un ene neuje Farww, esch wären doch net jedesmol beklaut wäre", war Clementines letzter Kommentar zu diesem Fall.

Der Zahnarztbesuch

An einem kalten Wintermorgen machte sich Clementine auf den Weg zum Zahnarzt.
Der Wind war eisig und feine Schneeflocken brannten wie Nadelstiche auf ihrem Gesicht.
Sie zog die Mütze fest in die Stirn und ihren Schal über Mund und Nase.
Der Weg bis zur Drususstrasse war ihr noch nie so lang vorgekommen und so war sie froh, als sie endlich die warmen Praxisräume betreten konnte.
Frau Dr. Holler war eine junge Zahnärztin, die erst kurze Zeit in dieser Praxis mitarbeitete.
Sie hatte Clementine bei ihrem letzten Besuch gesagt, dass sie heute kommen solle, dann könne sie ihre Zähne noch einmal kontrollieren.
Die junge Frau erwartete ein Kind und hatte heute ihren letzten Arbeitstag.
In der Praxis war nicht viel los, als Christine abgelegt hatte, konnte sie gleich in einen Behandlungsraum gehen.

Die Untersuchung war schnell beendet.
Frau Dr. Holler verabschiedete sich im Eingangsbereich von Clementine, als die Tür auf gestoßen wurde, eine mittelgroße vermummte Person erschien die eine Waffe in der Hand hielt, zwei Schüsse auf die Zahnärztin abgab und gleich wieder verschwand, ohne nur ein Wort zu sagen.

Zu diesem Zeitpunkt war Clementine allein mit Frau Dr. Holler, jetzt stürmten die Helferinnen herbei, eine kümmerte sich um die verletzte Ärztin, eine andere rief einen Krankenwagen und die Polizei.
Polizei und Krankenwagen trafen gleichzeitig ein.
Während die Verletzte betreut wurde, befragten die Polizisten bereits Clementine und die Helferinnen.

Eine Helferin wollte einen großen kräftigen, schwarz gekleideten, Mann gesehen haben.
Die Zweite sagte, sie habe noch gerade so eine schlanke Person mittlerer Größe verschwinden sehen, die

Springerstiefel und einen schwarzen Parka trug.
Einig waren sie sich in ihrer Aussage, dass die Person vermummt war.
Dann wurde Clementine befragt. Sie hatte die ganze Zeit überlegt, was an den Aussagen, der beiden Helferinnen nicht stimmte, hätte aber nicht sagen können, was es war.
Ein großer, sehr kräftiger Mann war es sicher nicht. Die Person war mittelgroß und schlank, fand Clementine, aber dick mit einem schwarzen Schal vermummt.
Sie hatte ferner eine schwarze Parka und eine Jeans bemerkt. Ob das Springerstiefel waren, die die Person trug, hätte sie nicht sagen können.
Der Täter hatte sie mit der Tür, die nach innen aufging fast umgehauen. Sie griff nach der Klinke, um sich fest zu halten und stand damit hinter dem Schützen.
Die Waffe konnte sie nicht sehen, aber als er sich umdrehte und wieder raus stürmte, sahen sie sich an.
Es war bereits Mittag, als Clementine wieder zu Hause ankam.

„Nä, Hermann, dat wo ene Fürmeddaach, denn moß esch äwwe net noch ens hann, hoffentlesch jeht et dä Frau Dokte bal widde joot un dämm Kend es nix passert", sagte sie zu Hermanns Foto.
Clementines Wunsch ging nicht in Erfüllung.
Frau Dr. Holler und ihr Kind hatten den Anschlag nicht überlebt.

Wer als Täter in Frage kam, konnte lange Zeit nicht ermittelt werden.
In Clementines Zeitung wurde über den Fall berichtet.
Dort las sie, dass es sich bei der Waffe um einen alten Revolver handelte, der schon seit Jahrzehnten nicht mehr produziert wurde, aber ein beliebtes Sammlerobjekt war.
Im Umfeld des Opfers gab es keine Waffensammler.

Ihr verstorbener Vater war Jäger, aber nach seinem Tod hatte seine Frau sämtliche Waffen an einen anderen Jäger abgegeben.

Die Waffen dieses Jägers hatte die Polizei überprüft, es kam keine als Tatwaffe in Frage.

An einem schönen Frühlingssonntag lud Willi, der Witwer ihrer Schulfreundin Inge, sie zu einem Besuch in einem Ahrweiler Restaurant ein.
Willi, der Hobbykoch, liebte es, des Sonntags Essen zu gehen. Wenn möglich, jeden Sonntag in einem anderen Lokal.
Da er aber nicht gern allein unterwegs war, lud er Clementine oft ein.
So auch diesmal.
Er hatte gehört, dass es in einem der Lokale am Markt einen neuen Koch gäbe, dessen Kochkunst wollte er kennen lernen.
Willi stellte das Auto außerhalb der Stadtmauern ab. Sie waren sehr früh, aber die Parkplätze waren schon recht knapp.
Sie bummelten erst einmal durch die Strassen der Innenstadt, trafen Bekannte von Willi, mit denen sie eine Weile plauderten, bis sie schließlich an dem Restaurant ankamen, in dem sie essen wollten.

Willi öffnete die Tür des Lokals, da kam ihnen ein älteres Paar entgegen, das das Lokal verließ. Der Mann ging vor, Willi und Clementine warteten einen Augenblick, Clementine griff nach ihrer Sonnenbrille, um diese abzunehmen, da traf sie ein kurzer Blick der Frau.
Clementine hatte ein Gefühl, als zöge ihr jemand den Boden unter den Füssen weg, diesen Blick hatte sie schon einmal wahrgenommen!
Während des Essens war sie zerstreut, es schmeckte ihr nicht.
„Was ist denn mit Dir plötzlich los" fragte Willi?
Sie erinnerte ihn an die ermordete Zahnärztin und dass sie jetzt wusste, was an den Aussagen der Zahnarzthelferinnen nicht gestimmt hatte.
Es war eine Täterin und die schwarze Parka, die sie bei der Tat trug, war viel zu groß!

Am nächsten Morgen, einem Montag, rief Clementine die Nummer an, die sie von dem ermittelnden Beamten bekommen hatte.

Der war sehr überrascht, zu hören, dass Clementine meinte, es gäbe eine Täterin und keinen Täter!
Clementine behielt recht!
Der Vater, des Opfers hatte seine Tochter, als diese noch Studentin war, gelegentlich mit zur Jagd genommen. Dort hatte sie einen Jäger kennen gelernt und sich in ihn verliebt.
Ihre Eltern nahmen die Sache nicht ernst und der Jäger offensichtlich auch nicht.
Er war viel älter als die junge Frau und Familienvater.
Seine Frau und er hatten ein Geschäft für Jagdbedarf und einen Schießstand im Keller.
Dort hatte seine Frau sehr gut und gezielt schießen gelernt.
Ihr war die Verliebtheit der jungen Frau nicht entgangen.
Sie wusste auch, dass es in der Vergangenheit nicht immer gut um die eheliche Treue ihres Mannes bestellt war.
Allerdings, einen so großen Altersunterschied und dann noch die Tochter eines Jagdfreundes, das war neu.

Sie würde die Augen offenhalten. An eine Scheidung hatte ihr Mann bei seinen Affären bisher nicht gedacht, darum hatte sie ihm auch immer wieder verziehen, aber wenn der sich plötzlich so eine junge Geliebte zu legte, war sie sich nicht mehr sicher.
Da wollte sie einschreiten.
Eine Geliebte hatte ihr Mann tatsächlich, aber es war nicht die Zahnärztin, aber er war ihr Patient, seit sie in Remagen praktizierte und das wurde der jungen Frau zum Verhängnis.
Die Täterin hatte bereits erfahren, dass die junge Frau verheiratet war, nahm aber an, dass das Verhältnis zu ihrem Mann weiter bestände.
Als sie nun sah, dass sie ein Kind erwartete, war sie von der Vaterschaft ihres Mannes überzeugt.
Sie hatte sich in die Sache so hineingesteigert, dass es für sie nur einen Ausweg zu geben schien, den Tod der Nebenbuhlerin!
Der kalte Tag kam ihr gerade recht.
Die Waffe hatte sie sehr sorgfältig gewählt, sie gepflegt und mit ihr trainiert.

Einen Tag nach dem Lokalbesuch in Ahrweiler, hatte ihr Mann ihr mitgeteilt, dass er sich scheiden lassen wolle, er habe eine andere Frau, so sagte er.
Es war bitter für sie, erkennen zu müssen, dass sie die falsche Frau erschossen hatte.
Sie ging in den Keller und erschoss sich.

Clementine sagte zum Foto ihrer verstorbenen Mannes: „Hermann, esch jeläuv, esch wäselen dä Zänndokto, en die Praxis krejen mesch kejn zehn Pääd mi."

Das tunesische Häkeln

An einem schönen Sommerabend saß Clementine Weidenbrecher auf ihrem Balkon und las, als eine leichte Brise sie erschauern ließ.
Sie stand auf, ging in ihr Schlafzimmer und holte ein Umschlagtuch für ihre Schultern.
Nun waren zwar Schultern und Nacken geschützt, aber nicht ihre Arme.
Das Umschlagtuch tauschte sie gegen eine Strickjacke aus, die aber schon wieder zu warm war.
Clementine erinnerte sich, dass ihre Mutter einen Bettschal besaß, den sie über die Hände zog, da hatte sie den Puls, Schultern und Nacken warm.
In einem ihrer Handarbeitshefte fand sie ein Modell, aber das war nichts für den Balkon.

Am darauffolgenden Donnerstag erzählte sie ihrem Handarbeitsklub von ihren Überlegungen.
Ausgerechnet Roswitha, die sonst kaum mal etwas sagte, erzählte ihr

von einem Modell, dass sie für sich in tunesischem Häkeln gearbeitet habe.
Beim nächsten Treffen wolle sie den Schal mitbringen. Sie erzählte außerdem, dass sie immer noch gern tunesisch sträkele, so würde diese Handarbeit auch genannt, weil sie auch mit dem Stricken verwandt sei.
Zu Hause fand Clementine in ihren Wollvorräten braune Wolle mit einem Goldlurexfaden.
Für einen Bettschal reichte das Garn.
Sie packte die Knäuel ein und freute sich auf den nächsten Donnerstag.

Freitags machte sie einen Spaziergang durch die Stadt. Als sie am Buchladen vorbei kam, dachte sie, sie könne ja mal sehen, ob es Bücher mit Anleitungen zu tunesischem Häkeln gäbe.
Die Buchhändlerin empfahl ihr ein Buch von Kathrin Müller, das sei leicht verständlich und für Anfänger gut geeignet.
Clementine erwarb das Buch und vertiefte sich zu Hause gleich in die Materie.

Sie sah, dass man eine Häkelnadel und ein Seil dazu braucht, wenn man nicht nur einen Topflappen arbeiten will.
Es dauerte ihr viel zu lange bis zum nächsten Donnerstag, darum beschloss sie, nach Bonn zu fahren, dort so wusste sie, gab es in der Innenstadt zwei Handarbeitsgeschäfte, da sollte sie schon fündig werden.
Beim Bummel über die Sternstrasse sah sie, wie zwei junge Männer eine junge Frau bedrängten.
Sie ging einen Schritt schneller und fuhr einem mit ihrem Rollator in die Fersen.
Der Mann drehte sich rum und gestikulierte wie wild, der Andere kümmerte sich ebenfalls nicht mehr um die Frau.
Clementine verstand kein Wort, aber sie schimpfte lauthals mit. Es hatte sich bereits eine Menschentraube um sie gebildet.
Die junge Frau, die die beiden Kerle bedrängt hatten, war verschwunden.
Für Clementine war es offensichtlich, dass sie nichts mit den Typen zu tun haben wollte.

In dem Tumult stahl einer der Beiden einem Mann das Handy.
Er kam nicht weit, zwei andere Männer hatten ihn gepackt und auch der andere Kerl wurde festgehalten, bis ein Streifenwagen erschien und die Beiden mitnahm.
Es waren „alte Bekannte", die mit Haftbefehl gesucht wurden.

Als Clementine auf dem Bahnhof ankam, sah sie die junge Frau wieder, sie bedankte sich bei Clementine für deren mutiges Einschreiten.
Die junge Frau hatte bei einem Juwelier eine teure Kette ihrer Mutter abgeholt, die dort zur Reparatur war.
Sie hatte sie sich um den Hals legen lassen, weil ihr der Transport so sicherer erschien.
Als sie den Laden verließ, versuchten die Kerle ihr die Kette abzunehmen.
Vermutlich war sie in dem Juwelierladen bereits beobachtet worden.
Nun hatte sie einen Schal über die Kette gelegt, sie war so nicht mehr sichtbar.

Es war besser, wenn man auf der Strasse keinen teuren Schmuck zeigte.

„Nä, Hermann, me kann höckzedaach net jenoch oppasse", erzählte Clementine zu Hause dem Foto ihres verstorbenen Mannes.

Bis zum nächsten Donnerstag hatte Clementine es, dank dem Buch von Kathrin Müller, bereits geschafft die Hälfte des Schals zu arbeiten.

Die Damen ihres Handarbeitsklubs waren begeistert, nur Roswitha fehlte.

Sie hatte versprochen heute zu kommen, aber vielleicht hatte sie keine Betreuung für ihren pflegebedürftigen Mann gefunden.

Meistens wurde er, über die normale Pflege hinaus, von einem ehemaligen Krankenpfleger betreut, der bereits in Rente war.

Er hatte Roswitha einige junge Kollegen vermittelt, die auch schon mal aushalfen.

So war es Roswitha möglich mal für zwei bis drei Stunden wöchentlich an dem Handarbeitsnachmittag teilzunehmen.

Wenn ihr Mann aber einen sehr schlechten Tag hatte, oder es konnte niemand kommen, dann erschien Roswitha nicht.
Weil dies immer wieder mal vorkam, wunderte sich niemand über ihr Fehlen.
Brigitte, eine der Damen, hatte sie mittags an der Haustür gesehen und kurz mit ihr gesprochen.
Sie sagte ihr, dass sie auf einen jungen Mann warte, der bereits zweimal bei ihrem Mann war und gut mit umging.
Vielleicht war dieser junge Mann nicht erschienen.
Brigitte schlug Clementine vor, später mit ihr zu Roswithas Haus zu gehen und mal zu klingeln.
Dann könnte sie ihr mitteilen, dass sie bereits eigene Nadeln hatte und Roswitha ihr keine ausleihen brauche.
Clementine hätte sie ja angerufen, aber sie fand keinen Eintrag im Telefonbuch.
So gingen die Beiden etwas früher los.

Bei Roswithas Haus angekommen, klingelte Brigitte. Sie klingelte ein zweites und ein drittes Mal, es rührte sich nichts.
Brigitte meinte: „Komisch, das Auto steht im Carport und der Rollstuhl, der draußen benutzt wird, ebenfalls, dass verstehe ich nicht." Sie ging zum Hintereingang und fand die Tür offen. Clementine wartete vor dem Haus.
Es dauerte nicht lange und Brigitte kam kreideweiß zurück.
Sie flüsterte nur: "Ruf die Polizei", dann übergab sie sich.
Mit der Polizei kam auch ein Krankenwagen, der aber nicht mehr benötigt wurde.

Roswithas Mann war eines natürlichen Todes gestorben.
Aber Roswitha wurde mit dem Nylonseil einer tunesischen Häkelnadel erdrosselt.

Täter war der junge Pfleger, auf den Roswitha gewartet hatte.

Als er eintraf, war ihr Mann gerade verstorben. Sie wollte einen Arzt an-

rufen, da erwürgte sie der Täter mit einer angefangenen Handarbeit, die sich auf dem Nylonseil befand.
Dann durchwühlte er sämtliche Schränke und nahm alle Wertsachen, die er fand, mit.
Er vergaß aber, seine Nummer auf Roswithas Telefon zu löschen und seine Zusage auf ihrem Anrufbeantworter für diesen Tag.
So war es für die Polizei nicht schwierig seine Adresse zu erfahren, er konnte noch am selben Abend verhaftet werden.
Es war ein Schock für den Handarbeitsklub!
Auch wenn Roswitha sich nicht oft an Gesprächen beteiligte, mochten sie doch alle.
Zwei Tage mochte Clementine ihre tunesische Handarbeit nicht anfassen, dann sagte sie zu Hermanns Bild: „Wat kann dann menge Schal dofür dat esu nu brutale Kääl dat Roswitha met dä Nodel un dämm Seil ömjebraach hät, jezz maachen esch ijers rischtisch wejde."
Dem hatte Hermann nichts hinzuzufügen!

Der Grillabend

An einem schwülheißen Samstagspätnachmittag stand Clementine vor ihrem Kleiderschrank und überlegte, was sie zum Grillen am heutigen Abend anziehen sollte.
Mit ihren Handarbeitsfrauen hatte sie auch schon mal gegrillt, das war aber am Nachmittag, zu einem Grillabend war sie das letzte Mal vor fast 30 Jahren eingeladen.

Schließlich stand sie in einer hellen Hose mit passender Bluse und Strickjacke über dem Arm, an der Tür, als Willi, der Witwer ihrer Schulfreundin Inge klingelte, um sie abzuholen.
Willi trug ebenfalls eine helle Hose und ein helles einfarbiges Hemd. Als er Clementine sah, lachte er und meinte: „Jetzt sehen wir schon aus wie Zwillinge, meine Nachbarin fragte mich neulich, ob Du meine Schwester wärst".

Clementine und Willi trafen sich einige Male pro Woche.

Meistens hatte Willi seinen Hund dabei, dann gingen sie gern Feldwege, so war er auf die Idee gekommen mal in Bandorf und drum herum zu laufen.
Bei einem dieser Spaziergänge kamen sie an einem Garten vorbei, dort kläffte ein Hund hinter dem Zaun Willis Bello an.
Ein Mann kam näher, um zu sehen, warum sein Hund bellte und dann begrüßte er Willi und Clementine.
Der Mann hieß Wolfgang und war ein Jugendfreund von Willi.
Die Beiden hatten sich viele Jahre nicht gesehen und freuten sich nun über das unverhoffte Wiedersehen.
Er lud Clementine und Willi zu sich auf die Terrasse. Dort lernten sie seine Frau Rosi kennen.
Die beiden Hunde schlossen, nach eingehender Beschnupperung, ebenfalls Freundschaft.
Sie verbrachten einen gemütlichen Nachmittag mit einander.
Zum Abschied luden Rosi und Wolfgang die Beiden zum heutigen Grillabend ein.

Als sie ankamen, waren die anderen Gäste bereits da.
Zwei Paare wohnten in der Nachbarschaft und aus Bonn kam Rosis Bruder mit seiner Lebensgefährtin Christine.
Die Gastgeber und ihre Gäste waren zwischen 60 und 70 Jahre alt, da fiel Christine mit ihren 36 Jahren, wie Clementine später hörte, erheblich aus dem Rahmen.
Für diesen Grillabend war Christine sehr elegant gekleidet und zu stark geschminkt.
Sie hatte sich sicher etwas anderes als diesen rustikalen Grillabend vorgestellt.
Es wurde trotzdem ein gemütlicher und lustiger Abend.

Clementine fiel auf, dass Christine sehr viel und hastig trank, da musste man doch ein wenig vorbeugen.
Vielleicht tanzte sie gern?
Als Rosi zur Küche ging, lief Clementine hinter her. Sie fragte sie, ob sie nicht auch Lust habe zu tanzen.
Mit Rock`n Roll würde das bei Clementine nichts mehr, aber einen

langsamen Walzer bekamen Willi und sie noch hin, den hatten sie schon mal ausprobiert.

Rosi und Wolfgang besaßen eine große Sammlung Langspielplatten und auch noch einen funktionierenden Plattenspieler.

Zunächst ertönte Elvis „Jailhouse" Rock!

Clementine ging zu ihrem Stuhl auf der Terrasse zurück, anhören wollte sie sich den Titel gern, aber tanzen sollten die Andern.

Tatsächlich tanzten alle, bis auf Willi und sie.

So wild wie in den 50iger Jahren fiel der Tanz nicht aus, trotzdem waren außer Christine alle Tänzer außer Puste.

Spaß hatten offensichtlich Alle!

Damit Clementine und Willi auch mal tanzen konnten, legte Wolfgang die „Edelschnulze Caprifischer", wie er sagte, auf.

Darauf zu tanzen machte den Nachbarn auch Freude.

Für Christine war das nichts. Sie schmollte, nahm eine Weinbrandflasche, die neben ihr stand und trank sie aus.

Dieter, ihr Lebensgefährte kam in diesem Moment vom WC zurück und nahm ihr die Flasche weg. Da war sie aber schon leer.
Als sich die nun erregte Stimmung wieder beruhigte, war Christine eingeschlafen.
Sie rutschte immer tiefer in den Gartensessel. Fast wäre sie rausgefallen.
Wolfgang schlug Dieter vor, sie auf die Couch im Wohnzimmer zu legen.
Dieter zog sie hoch und schrie: „Die atmet nicht mehr!"
Rosi rief einen Notarzt, ein Nachbar leistete 1. Hilfe, aber als der Notarzt schließlich eintraf, war Christine tot.
Der Notarzt sah sich die Weinbrandflasche an, es wusste niemand woher die Flasche stammte, wahrscheinlich hatte Christine die Flasche mitgebracht.
Dieter stand unter Schock, er war kaum ansprechbar.
Der Notarzt verständigte die Polizei, hier ging etwas nicht mit rechten Dingen zu.

Clementine hatte vorher nur gesehen, dass Christine Bier trank, aber vielleicht hatte sie die Flasche ja in ihrer Tasche.
Es war der tödliche Abschluss eines fröhlichen Abends.

In der darauffolgenden Woche rief Rosi Clementine an und erzählte ihr den Tathergang, den Polizei inzwischen ermittelt hatte.

Ihr Bruder Dieter wohnte in einem schönen Bungalow mit Rosengarten im Drachenfelser Ländchen.
Der Rosengarten war sein ganzer Stolz.
Seine Exfrau warf ihm oft vor, den Rosen sei er treuer als ihr.
Ganz abwegig war dieser Vorwurf nicht, Dieter war kein treuer Ehemann.
Eines Tages, als er seine Frau bei ihrer Familie in Norddeutschland wähnte, hatte er Christine mit nach Hause genommen.
Er kannte sie erst kurz und fand, dass die Gelegenheit günstig wäre, sie näher kennen zulernen.

Seine Exfrau erwischte die Beiden in den Ehebetten, sie packte ihre Koffer und zog aus.
In diesen Betten wollte sie nicht mehr liegen.
Vor einigen Wochen waren sie sich zufällig wieder begegnet und Dieter bereute, dass er Alexandra, so hieß seine Exfrau, gehen ließ.
Die Liebe zu Christine war inzwischen abgekühlt und außerhalb des Schlafzimmers wussten sie nicht viel mit einander anzufangen.
Dieter gefiel auch Christines Alkoholkonsum nicht.
In der Woche vor dem Grillabend hatte Alexandra ihn besucht und gesagt, wenn sie wieder einziehen solle, dann wolle sie neue Möbel. Damit war Dieter einverstanden.
Er schwor ihr, nie wieder untreu zu sein und Christine am selben Abend zu sagen, sie müsse ausziehen.
Am selben Abend wurde aber nichts daraus, weil Christine äußerst liebevoll zu ihm war, so dass er nicht über ihren Auszug reden mochte.

Nun hatte er ein schlechtes Gewissen, als Alexandra am anderen Morgen anrief.
Sie warf ihm vor, er würde sich nie ändern und sie habe es leid von ihm hingehalten zu werden.

Wenn sie einige persönliche Sachen, die noch im Haus standen abgeholt hätte, wären sie geschiedene Leute.
Kurze Zeit später erschien sie, nahm ihre Sachen und verschwand.
Was er nicht bemerkt hatte, war, sie hatte ein Pflanzenschutzmittel in eine angebrochene Flasche mit Weinbrand geschüttet.
Diese Flasche hatte Christine in ihre Tasche gesteckt und mit zu dem Grillabend in Bandorf genommen.
Als er die leere Flasche sah, war er schockiert, er hatte sie erkannt, die Flasche stand in seinem Keller.
Nä, nä, Hermann, do kanns de ens sehn wat Eifersucht all aanrischte kann", war Clementines Kommentar zu diesem Fall.

Der Ausflug auf die Erpeler Ley

An einem heißen Sommersonntagmorgen lud Willi Clementine zu einem Ausflug auf die Erpeler Ley ein.
Sie bestiegen am Rheinufer in Remagen die Personenfähre „Nixe", die sie nach Erpel brachte.
Statt ihres Rollators hatte Clementine ihre Wanderstöcke dabei, die sie sich auf Willis anraten zugelegt hatte.
Damit konnte sie den Aufstieg auf das Plateau des Berges gut bewältigen.

Es war ein schöner, klarer Tag mit guter Weitsicht.
Willi hatte seine Digitalkamera dabei, mit der er ein Video drehte, denn einen schöneren Blick auf Remagen konnte man nirgends haben, meinte er.

Nach einer Verschnaufpause in der Gaststätte auf dem Berg fühlten sie sich fit genug übers Kasbachtal zum Rhein zurück zukehren.

Der Weg führte sie über eine Etappe des Rheinsteigs, auf dem sie vielen Wanderern begegneten.
Willi fiel es schwer, dass steile Kasbachtal hinunter zu gehen. Sie beschlossen auf einer Bank auszuruhen und ein Taxi aus Linz zu bestellen.

Mittlerweile war es Spätnachmittag und über dem Ahrtal zeigten sich Gewitterwolken, darum ließen sie sich nicht nur bis zur Kripper Fähre sondern gleich bis zu Clementines Wohnung fahren, denn dort hatte Willi sein Auto abgestellt.
Als sie ausstiegen fielen die ersten Tropfen.
Clementine bat Willi doch bei ihr zu warten bis das Gewitter vorüber wäre.
Willi nahm ihr Angebot gern an.
In ihrer Wohnung begab Clementine sich erst einmal in ihre Küche, um Kaffee für Willi und sich zu kochen.
Inzwischen stand Willi an ihrer Balkontür im Wohnzimmer und schaute auf den Regen und die Blitze am Himmel.

Plötzlich schrie er auf: „Da ist etwas passiert, Clementine komm mal schnell."
Clementine lief ins Wohnzimmer, Willi zeigte auf das gegenüberliegende Fenster einer fremden Wohnung. Dort hatte eine junge Frau das Fenster aufgerissen und geschrien. Durch den Lärm, den der Donner verursachte, hatte Willi aber nichts verstehen können.
Er sah, dass die Frau am Kopf blutete. So plötzlich, wie sie am Fenster erschienen war, war sie auch wieder verschwunden.
Das Fenster stand noch auf, die Gardine war vorgezogen und wehte nach draußen.
„Das wird die Jasmin Wegener gewesen sein", sagte Clementine.
Die Wegeners waren ein seltsames Paar, fand Clementine.

Sie erzählte Willi, das Bianca, die junge Frau der sie Kochunterricht gab und die mit ihrer Familie ebenfalls in diesem Haus wohnte, ihr erzählt habe, die Beiden gehörten zur Sado - Maso - Szene und sie besuchten solche Partys, vielleicht hätten sie jetzt selbst mal eine veranstaltet.

Das Gewitter war weitergezogen und der Regen hatte aufgehört.
Willi war müde, er verabschiedete sich von Clementine, sie begleitete ihn zu seinem Auto und winkte ihm nach, als er davon fuhr.
Als sie wieder zu ihrer Haustür ging, fuhr Fabian Wegener an ihr vorbei.
Seine Frau saß neben ihm, Fabian grüßte, seine Frau nicht.
Aber das war nicht außergewöhnlich, die wirkte oft zerstreut. Sie lief oft an den Leuten vorbei, ohne ein Wort zu sagen.
Was Willi da vorhin gesehen hatte, war wohl doch nicht so tragisch, wie er dachte.

In ihrer Wohnung angekommen, schaute sie nach ihren Balkonblumen und warf auch einen Blick zu dem Fenster von Wegeners Wohnung. Das Fenster stand noch offen, die Gardine wehte im böigen Wind.

Na, da hatten die es aber eilig weg zu kommen, wenn die sogar vergaßen die Fenster zu schließen.
Es sollte ja weitere Gewitter geben, dann würde es dort reinregnen, da es ein Westfenster war.
Clementine beschloss Bianca anzurufen, die hatte mehr Kontakt zu den jungen Leuten.
Von Willis Erlebnis erzählte Clementine nichts, als sie mit Bianca sprach, sie sagte nur, dass sie das offene Fenster sähe und die Wegeners an ihr vorbei gefahren waren.
Bianca hatte die Handynummer der Jasmin, sie wolle ihr eine SMS senden, versprach sie Clementine, dann wüssten die Beiden Bescheid und könnten selbst entscheiden, was zu tun wäre.

Den Abend verbrachte Clementine mit einer Handarbeit vor dem Fernseher.
Es war ein ruhiger Abend. Weitere Gewitter gab es auch in der Nacht nicht.

Am andern Morgen stand das Fenster immer noch offen, es hatte sich nichts verändert.
Gegen Mittag ging sie wieder zu Bianca um mit ihr zu kochen.
Diese erzählte ihr, dass Jasmin sich nicht gemeldet hätte.
Das wäre ungewöhnlich, denn auf ihr Smartphone würde sie doch ständig schauen.
Sie hätte mit ihrem Mann oft Streit deswegen, er habe ihr schon angedroht es wegzuwerfen.
Am Nachmittag machte Clementine einen Spaziergang am Rhein entlang. Heute wollte sie mal ein Stück in Richtung Oberwinter gehen und auf dem Rückweg in dem italienischen Cafè auf der Promenade einkehren.
Es war heute nicht mehr so heiß und angenehm am Rhein entlang zu gehen.
Das Unwetter hatte eine Menge Holz angeschwemmt, das in den Ketten der Anlegebrücken hing. Da bekamen die Feuerwehrleute wieder Arbeit!
Es war doch gut, dass sich so viele junge Leute bei der freiwilligen Feuerwehr engagierten, obwohl sie si-

cher oft sehr belastende Situationen erlebten.

Diesen Gedanken hing Clementine eben noch nach, als sie sah, dass es nicht alles Holz war, was in der Kette hing.

Sie konnte es kaum fassen, da war ein Arm und auf dem oberen Teil konnte sie einen Drachen erkennen. Ihr wurde schwindlig, sie setzte sich auf ihren Rollator, zog mit zitternden Händen ihr Mobiltelefon aus der Tasche und wählte die Notrufnummer. Als die Polizei eintraf, saß sie immer noch wie erstarrt da.

Es war eine Polizistin dabei, die sie schon kennen gelernt hatte. Als diese sie ansprach, löste sich ihre Erstarrung.

Sie berichtete von dem Vorkommnis, dass ihr Freund Willi am gestrigen Tag beobachtet hätte und das sie wusste, dass die Jasmin Wegener einen Drachen auf dem Oberarm tätowiert hatte.

Das Opfer war tatsächlich ihre Nachbarin Jasmin.

Es dauerte nicht lange und die Polizei hatte auch ihren Mann gefunden.

Er lag in seinem Auto auf dem Parkplatz Brohltal an der A61 und war total zugedröhnt.

An Einzelheiten konnte er sich bei einer späteren Vernehmung nicht mehr erinnern, nur, dass seine Frau mit einem Messer auf ihn losgegangen wäre, er es ihr abnehmen wollte und sie dabei am Kopf verletzte.

Er habe sie ins Krankenhaus fahren wollen, habe aber auf dem Parkplatz bemerkt, dass sie nicht mehr atmete, da fuhr er mit ihr an den Rhein, wartete bis die Lokale geschlossen hatten und warf seine leblose Frau in den Fluss.

Dann rief er seinen Dealer an und traf sich mit ihm auf dem Parkplatz, er habe seinem Leben auch ein Ende setzen wollen, brachte aber den Mut nicht auf, so sagte er.

„Nä nä, Hermann, wat es dat e Dreckzeuch wat die jong Löck do nen! Äwwe dämm Fabian hann esch von füreren net üwwe dä Wääsch jetrout, dä Kääl wo immme jätt zewidde", waren Clementines letzte Worte zu diesem schrecklichen Erlebnis, wie immer an Hermanns Foto gerichtet.